GALOP GÉNÉRAL !

LIBRAIRIE DE E. DENTU, ÉDITEUR

DU MÊME AUTEUR :

—

PARIS VICIEUX

I. Le Côté du cœur. Illustrations de Grévin,
    7ᵉ édition, 1 vol. 3 50
II. La Chaîne des dames. Illustrations de Grévin,
    4ᵉ édition, 1 vol. 3 50

Les Coulisses artistiques, 2ᵉ édition, 1 vol. . . . 3 »
Le Nouvel art d'aimer, 4ᵉ édition, 1 vol. . . . . 3 »
Les Mangeuses d'hommes, 4ᵉ édition, 1 vol. . . . 3 »
Visages sans masques, 2ᵉ édition, 1 vol.. . . . . 3 »
Ohé! Vitrier! 3ᵉ édition, 1 vol. . . . . 3 »
Les Araignées de mon plafond, 2ᵉ édition, 1 vol. 3 »
Mémoires des Passants, 2ᵉ édition, 1 vol. . . . 3 »
Le Guide de l'adultère, 4ᵉ édition, 1 vol. illustré. 3 50
La Mascarade de l'histoire, 2ᵉ édit., 1 vol. illustré. 3 50
L'Art de vivre cent ans, 2ᵉ édition, 1 vol. illustré. 3 50
Paris qui grouille, 2ᵉ édition, 1 vol. . . . . . . 3 »

PIERRE VÉRON

GALOP GÉNÉRAL !

PARIS

E. DENTU, ÉDITEUR

LIBRAIRE DE LA SOCIÉTÉ DES GENS DE LETTRES

PALAIS-ROYAL, 15-17-19, GALERIE D'ORLÉANS

—

1885

NOTES ET CROQUIS

NOTES ET CROQUIS

Les Congrès sont une manie du jour.

Sans parler de ceux qui croient avoir réglé les destinées de l'Europe, une nuée de petit congrès de fantaisie s'est abattue sur nous et se livre aux ébats les plus variés.

Pour le quart d'heure, c'est l'hygiène qui tient la corde.

On se réunit internationalement çà et là, pour étudier les problèmes qui intéressent la santé publique. Louable intention. Mais l'intention, vous le savez, ne doit pas toujours être réputée pour le fait.

Et, tenez, je vais tout de suite vous ouvrir

mon cœur, à l'endroit de l'hygiène en question.

Chaque fois que j'apprends que des médecins se sont rassemblés pour un but semblable, je ne puis m'empêcher de ressentir une certaine défiance.

Pourquoi?

Parce que l'hygiène n'est, à bien prendre, que l'art de rendre la médecine inutile. Vous convoquez donc des docteurs en leur demandant de chercher précisément les moyens d'établir un état de choses qui ruinerait leur industrie.

Il est évident, en effet, que, le jour où chacun serait assez hygiéniste pour savoir régler sa vie, le nombre des maladies décroîtrait des deux tiers. Il est donc non moins évident que, le jour où le nombre des maladies décroîtrait des deux tiers, il faudrait supprimer la majeure partie des médecins en exercice, sous peine de voir toute la corporation mourir de faim, ce qui serait un spectacle aussi navrant qu'inédit.

Partant de là, on en arrive fatalement à conclure que les efforts d'un Congrès international d'hygiène pourraient bien avoir pour devise:

« Cherchons, mais ne trouvons pas. »

On ne peut, en conscience, exiger des gens qu'ils travaillent eux-mêmes à la démolition de leur propre fortune.

Voilà pourquoi — chaque fois que j'entends parler d'hygiène — j'ai une vague appréhension. On donne peu volontiers des conseils à son détriment.

*
* *

Cela dit en thèse générale, je suis tout prêt à souhaiter qu'il y ait des exceptions à la règle.

Ceux qui composent ces réunions sont placés assez haut dans la hiérarchie scientifique pour pouvoir planer au-dessus des préoccupations personnelles. Si restreint que devînt le nombre des malades, ils seraient tous encore sûrs d'avoir de quoi se faire une clientèle, et ils auraient le droit de varier ainsi le vers des *Châtiments :*

Et s'il n'en reste qu'un, nous serons celui-là !

Je dois, d'ailleurs, à la vérité de dire que j'ai vu, de mes yeux vu, fonctionner, avec un vrai dévouement et un désintéressement sans égal, une commission d'hygiène qui était appelée, celle-là, à jouer un rôle douloureusement actif.

C'était — ô lugubres souvenirs ! — pendant le siège de Paris.

La commission en question siégeait à l'Hôtel de Ville sous la présidence de M. Jules Ferry, et j'avais été chargé d'y remplir les fonctions de secrétaire, communiquant à la presse les résultats des séances.

Ce n'était pas une sinécure alors.

Ne fallait-il pas, sans cesse, réconforter la population dont la détresse allait croissant ? Ne fallait-il pas calmer les alarmes, relever les courages, chercher des remèdes improvisés à tous les maux qu'engendre fatalement la misère obsidionale ? Ne fallait-il pas surtout montrer à ce Paris si vaillamment résigné à tout endurer qu'on veillait sur lui et pour lui, que la science s'efforçait d'atténuer ses souffrances et de prévenir, si la chose était possible, des malheurs plus grands ?

On se réunissait, ainsi que je l'ai dit, à l'Hôtel de Ville. Parmi les membres de la commission du siège, je retrouve les noms de la plupart des spécialistes célèbres.

Il y avait là M. Bouchardat, le doyen des hygiénistes, presque le père de l'hygiène, ou tout au moins son premier propagateur chez nous. Bienveillant, mais pétulant, il fallait voir comme il prenait feu au premier mot de contradiction ! Quel jouvenceau de soixante-dix ans !

Il y avait l'éminent docteur Sée, le professeur actuel de l'Hôtel-Dieu, toujours pensif et sévère, souffrant doublement de nos deuils, lui qui, Alsacien, prévoyait les horreurs de la mutilation patriotique.

Il y avait le docteur Gubler, aux cheveux flottants, toujours maître de lui, froid et didactique.

Il y avait MM. Bouley et Raynal, les deux sommités du vétérinariat (le mot n'est peut-être pas français, mais je le crée) ; M. Trélat, longue expérience et sages avis ; M. Wurtz, l'ex-doyen de la faculté de médecine, aux formes amènes ; M. Gavarret, le chimiste célèbre, remuant, actif, préoccupé de vingt problèmes à la fois ; M. Sainte-

Claire Deville, l'érudition sans emphase, l'inves-
tigation indépendante et lumineuse, et parfois
aussi le commentaire sarcastique.

J'en passe et des meilleurs.

Que de séances pleines d'angoisses !

C'était là que l'on tâtait en quelque sorte le
pouls à l'agonie du géant Paris, vaincu, mais in-
trépide.

Au son sourd de la lointaine canonnade, on dé-
libérait sur les moyens de prolonger la résistance
sans exposer la grande ville à quelque catas-
trophe effroyable qui aurait emporté les deux
tiers de la population.

Et les nouvelles poignantes se suivaient en se
ressemblant trop, hélas ! Un jour, c'étaient les
progrès de l'épidémie de variole qui venaient
jeter l'alarme. Dans cette cité close, que ne pou-
vait-on redouter de la fermentation concentrée
d'une maladie si implacablement contagieuse ?
Combien de décès aujourd'hui ? Tant de plus
qu'hier... Que ferait-on si la progression augmentait ?...

Un autre jour, on signalait quelques cas isolés

de typhus. Était-ce le prélude d'une dévastation universelle ?

Puis venait la question alimentaire. Où en était-on des approvisionnements ? Combien de chevaux encore ? Leur état d'épuisement permettait-il de les manger sans danger ? Combien de sacs de blé ?

Et les chiffres diminuaient toujours !

On avait calculé, au début, que l'on pourrait tenir bon pendant deux mois. Il y en avait quatre qu'on résistait; mais à quel prix !

On en était arrivé (il y a eu des gens pour s'en plaindre) à fabriquer du pain un peu avec tout.

La commission d'hygiène avait à lutter contre les paniques. Elle rédigeait des notes qui s'efforçaient de persuader qu'un peu de sciure de bois dans le pain était non seulement un mélange inoffensif, mais encore salutaire et essentiellement stomachique.

C'était, si vous voulez, un peu puéril, mais c'était héroïque aussi cette tricherie, où ceux qu'on dupait aimaient à être dupés, parce qu'ils

voulaient croire jusqu'au bout au salut de la
patrie.

*
* *

Comme toujours, dans les drames d'ici-bas, le
comique donnait parfois sa note dans les séances
de la commission.

Tous les jours on`recevait, de la part d'inven-
teurs plus ou moins inconnus, des produits plus
ou moins bizarres pour lesquels on sollicitait le
patronage de la science.

Celui-ci avait fabriqué de la graisse alimentaire
avec les vieilles pommades qu'il avait déparfumées
et il en offrait galamment un échantillon.

Cet autre avait fait des confitures avec des os
pulvérisés, et proposait d'utiliser ainsi tous les
ossements enfouis dans les catacombes.

A l'appui de ses conclusions, il envoyait six
pots de ses confitures funèbres.

Et ainsi de suite.

On ne pouvait pas répondre sans avoir expé-
rimenté. Il fallait donc goûter.

A qui le tour de se dévouer ?

Les objets passaient de main en main. On les tournait, on les retournait, on les flairait... Allons, un peu de courage !

Le fatal moment de la dégustation était arrivé.

On finissait par en prendre son parti en riant. Et Dieu sait s'il y avait de quoi rire!... Les exécrables mixtures! Les abominables compositions!

Je me rappelle notamment des conserves de cheval qui, lorsqu'on les déboucha...

Si l'on avait pu s'en procurer une quantité suffisante et les ouvrir à proximité des narines des assiégeants, Paris était débloqué du coup!

Que tout cela est déjà loin! Que tout cela est encore près !

La distance ne prévaut pas contre certains souvenirs.

Vous rappelez-vous les Peaux-Rouges du Jardin d'Acclimatation ? Ils eurent la chance d'arriver à propos.

Paris s'ennuyait. Paris, dans ce moment-là,

n'avait pas de joujou attitré. Il n'était signalé sur la place ni un ténor à détonation extraordinaire, ni une exhibition de cadavres célèbres à la Morgue, ni un nouveau système de patins sans roulettes, ni un phénomène à plusieurs têtes, ni un procès retentissant, ni rien de ce qui peut passionner la badauderie.

C'était en plein été, quand les courses font relâche et que les infortunés, retenus au rivage par leur humilité, ne savent à quelle distraction se vouer. Les Chambres faisaient relâche.

Il n'en a pas fallu davantage pour faire encaisser au Jardin d'acclimatation de formidables recettes. La même chose se produisit, à la même époque de l'année, pour l'irrésistible LéotarJ, le héros du trapèze, pour qui tout Paris eut aussi les yeux de Chimène, et de qui on disait également :

— Il est charmant.

Voire même :

— Il est admirable.

La vérité vraie est que cet empressement à aller regarder des hommes d'une autre couleur a

été un peu bien enfantin, et leur exhibition pêle-
mêle avec des animaux un peu bien irrévéren-
cieuse pour la race humaine.

Les Peaux-Rouges, d'ailleurs, ont pris leur
revanche et ne se sont pas fait faute d'échanger
entre eux d'irrévérencieux commentaires sur les
civilisés qui défilaient devant leurs yeux.

L'un d'eux même, le plus lettré de la bande,
a consigné sur ses tablettes ses observations
quodidiennes. Il avait l'intention de s'en servir,
lors de son retour au pays, pour charmer les
soirées de désœuvrement, en faisant à haute
voix la lecture de ses notes parisiennes. Un
éditeur les lui a achetées.

Indiscret comme un chroniqueur doit l'être,
nous avons trouvé moyen de risquer un œil curieux sur les épreuves de ces pages écrites au
hasard de chaque jour. Et nous y avons puisé
quelques citations à titre de spécimen.

——

Nous cédons la parole à l'album du Peau-
Rouge :

— Arrivé à Paris depuis hier. Belle ville, très proprement tenue. Ne pas comprendre seulement pourquoi Parisiens avoir établi dans des rues certaines fabriques de boue. Pendant que les autres sont pavées en pierre, ces rues-là sont couvertes avec soin d'une couche de terre que la pluie doit délayer. Avoir supposé d'abord cette boue servir à quelque chose; mais, aussitôt qu'elle est faite à point, employés venir la réunir avec instruments, puis jeter sous terre; après quoi se dépêcher remettre couche de terre pour former boue nouvelle. Comprends pas.

—

— Vu hier grande maison carrée.

Eux appeler la Bourse.

Entendu pousser dedans cris épouvantables.

Pensé que c'était abattoir à bestiaux.

Dit à passant :

— Bêtes qu'on écorche crier là-dedans?

Lui répond en riant :

— Au contraire, ceux qui crient sont ceux qui écorchent les bêtes.

Avoir pas compris du tout.

———

— Parisiens trouver surprenant nous avoir jambes nues.

Allé au théâtre. Vu dame nue presque jusqu'à ceinture.

Pourquoi couvrir parties du corps pas sensibles au froid et découvrir justement celles par où prendre maladies de poitrine?

Drôles de gens!

———

— Vu chose singulière.

Madame avec un petit garçon venue Jardin d'Acclimatation.

Acheté au moins vingt petits pains. Donné manger à tous les animaux.

A la sortie, moi, par hasard, marcher derrière madame et petit garçon.

Rencontré pauvre homme. Pauvre homme tendre main, disant lui avoir faim.

Madame pas même fait attention.

Lui insister. Faim!... faim!... Madame menacer faire arrêter par sergent de ville.

Pensé, moi, elle avoir mieux fait donner un petit pain de moins aux animaux et gardé pour homme.

———

— Remarqué, parmi visiteuses les plus élégantes, les plus riches d'habits pas paraître toujours les plus considérées.

Demandé pourquoi.

Gardien expliquer que femmes de mauvaise conduite se procurer surtout belles parures.

Moi penser à la place femmes honnêtes, pour attraper les autres, m'habiller simplement, simplement.

Et alors femmes pas honnêtes plus ruiner maris des femmes honnêtes pour avoir parures coûteuses.

———

— Remarqué hommes donner le bras à dames comme pour conduire elles.

Mais toujours dames dire :

— Aller par ici.

— Tourner par là.

— Arrêter.

— Asseoir.

— Marcher.

Paraît que comme ça en toute chose dans ce pays. Hommes avoir l'air maîtres, femmes mener eux.

Moi pas aimer cela. Moi content être Peau-Rouge.

———

— Parisiens, très propres.

Laver avec soin vaisselle, jeter eau, qui tombe dans égout.

Puis aller, l'été, baigner eux dans bains voisins des égouts, où tomber toutes saletés.

Parisiens très propres, .. mais à leur façon.

———

... Arrêtons-nous, car ce Peau-Rouge va publier son *Album*, et je ne voudrais pas le déflorer davantage.

La science vient de faire une nouvelle découverte. Oh! pas de fausse joie; il ne s'agit pas d'un remède : elle en est bien incapable. Elle s'est bornée à découvrir que les miasmes délétères peuvent être véhiculés et propagés par l'intermédiaire des vieux vêtements. D'où il résulte que les marchands d'habits se trouvent être des commissionnaires en fléaux.

Pauvres marchands d'habits! Quel moment choisit-on pour leur chercher chicane? Le moment où leur race est presque tout entière disparue. Car, vous l'avez remarqué certainement, c'est seulement à de bien rares intervalles qu'on entend aujourd'hui retentir dans les rues le fameux *Chand d'habits!* qui était jadis la ritournelle la plus fréquente de ce chœur à cent voix qui s'intitulait : les cris de Paris.

La faute en est à la confection. Elle coud si mal qu'il n'y a plus rien à faire des vieilles défroques après une campagne. Tout au plus en tire-t-on quelques fonds de casquettes à trois ponts.

C'était pourtant un type pittoresque et regrettable, que le marchand d'habits, avec ses finasseries cousues de fil blanc et son art d'exploiter la misère. Qui ne se souvient d'avoir eu affaire à lui à l'heure de la vingtième année? Avec quelle anxiété on attendait l'arrêt suprême qu'il allait prononcer sur un vieux paletot, et d'où dépendait le sort d'une partie projetée pour Meudon ou pour Montmorency!

Il paraissait terrible dans cet instant-là, ce justicier de la loque. Lui qui, d'un coup d'œil, avait jaugé la situation, lui qui savait que Mimi Pinson était dans la pièce voisine, le châle sur le bras, inquiète et impatiente, abusait impitoyablement de la situation.

Il jouait avec le client comme le chat avec la souris. Il offrait cent sous de ce qui valait vingt francs, sûr qu'on finirait par lui lâcher le paquet à huit cinquante.

Ils formaient, en outre, une sainte vehme du brocantage, tous les marchands d'habits associés, quoique rivaux. La devise était, pour flouer le bourgeois : — Aide-moi et je t'aiderai. — On s'y conformait consciencieusement. Quand vous en aviez vu un, vous pouviez en voir quinze : prix fixe et invariable. Ils s'envoyaient tous à la queue leuleu, afin de décourager le récalcitrant assez audacieux pour repousser les premières offres d'Artaxercès. C'était classique, ce défilé.

. Le marchand d'habits subsiste encore au quartier Latin, mais tranformé en boutiquier important, qui opère surtout sur la chaîne et la montre, et qui cultive la reconnaissance du Mont-de-Piété avec un art suprême. L'un d'eux a pris pour enseigne : *A la seconde Providence.* C'est cruel de railler ainsi ses victimes, Monsieur. L'ancien marchand d'habits, type perdu, feignait du moins de compatir à leurs maux.

L'un d'eux, qui était connu au quartier Latin sous le nom de *père la Lorgnette,* avait même des façons touchantes de vous relever le moral.

— Mon Dieu ! jeune homme, vous disait-il, il

ne faut pas rougir pour si peu ; ça n'empêche pas d'arriver. Si vous saviez ce que j'ai acheté de pantalons à des gens qui sont aujourd'hui sénateurs !

Je te regrette, ô nomade d'autrefois, avec ton chapeau sur le coin de l'oreille, ton cor passé en bandoulière et ta guitare dont le manche servait à enfiler les vieux gilets.

Gavarni fut ton dernier portraitiste. Reposez en paix tous les deux.

Pour le pauvre monde, l'été a des cruautés sans pareilles. Au premier rang des martyrs, il faut placer les boutiquiers, dont la condition, le soir, rappelle le sort de saint Laurent sur son gril.

Pour tous ces prisonniers, l'unique consolation est de mettre une chaise sur le trottoir et de respirer l'air du ruisseau en rêvant lacs et montagnes, du ruisseau que chanta Mme de Staël, parce qu'elle était libre de vagabonder à son aise à travers l'Europe.

Encore le supplice de ceux-ci n'est-il pas comparable aux tortures qu'endure toute une partie de la population : celle qui vit sous les toits.

On ne se doute pas des souffrances qu'ont à subir les habitants des mansardes, quand la canicule en feu dévore non pas les campagnes, mais les toitures. Le thermomètre arrive, dans ces cellules, à 40 degrés de chaleur. Et c'est là qu'il faut goûter le repos (dérision !) après une accablante journée !

Quant aux favorisés de la fortune, je ne vois pas que leurs plaisirs soient bien dignes d'envie par cette température torride.

L'ordre et la marche en sont immuables.

Primo. Dîner aux Champs-Élysées. Une bataille ! La cohue commence dès six heures. On s'arrache un coin de table, on se dispute un verre, on échange des cartels à propos d'une fourchette. Et quand on est installé, au prix de toutes ces tribulations, en est-on plus avancé ? Ce sont des haltes de trois quarts d'heure entre chaque plat, haltes entrecoupées d'apparitions qui rappellent le supplice de feu Tantale.

A chaque instant, en effet, les garçons, ahuris, passent à côté de vous au pas de charge.

— Garçon !

— Oui, Monsieur.

Et il est déjà à vingt mètres de là.

Les maîtres d'hôtel s'entre-croisent aussi, portant dans d'énormes plats des poissons gigantesques et des *roastbeefs* à la Gargantua.

Mais c'est en vain que vous essayez de les arrêter. A moitié fous, ils ne savent plus à qui entendre, au milieu des vociférations qui les appellent à hue et à dia, formant un chœur cacophonique dont les paroles sont :

— Passez la truite !

— Le filet à gauche !

— Enlevez le gigot !

— Les légumes à la terrasse !

Truite, gigot, filet ! Et vous continuez à mourir de faim, tandis que le fourmillement des allants et des venants vous donne le mal de mer.

Enfin, vers neuf heures, un garçon vous apporte, dans le fond d'une écuelle, trois cuillerées de potage sur lequel il a pleuré des larmes de sueur, et, à dix heures et demie, vous avalez la dernière bouchée, coudoyé par les derniers partants.

Que si, par un hasard miraculeux, vous n'avez mis que deux heures à dîner, et que vous veuillez compléter votre soirée par une station récréative, la bataille recommence.

A la porte du Cirque, la buraliste vous regarde avec mépris, quand vous lui demandez s'il lui reste des places. Aux cafés chantants, le garçon, avec un air de protection, vous emmène derrière un tronc d'arbre qu'il vous faut enlacer de vos deux jambes pour arriver à vous asseoir.

Quand vous voulez goûter à votre bock, vous êtes forcé de demander à votre voisin de vous faire boire, incapable que vous êtes de risquer un mouvement. O délices!

Reste la promenade en voiture découverte.

Mais il faut la conquérir cette voiture. Vous en poursuivez une douzaine en courant : total, quatre kilomètres. Les cochers passent dédaigneux ; les moins arrogants poussent la condescendance jusqu'à vous crier :

— Tu vois bien, imbécile, que mon cheval est fatigué !

Enfin, vers minuit, vous avez envahi un vieux cabriolet, sorti de la remise où il se rouillait depuis quinze ans. Ah ! qu'il est doux de respirer ! Seulement, ce n'est pas de l'air que vous avalez, c'est du macadam volatilisé. De la place de la Concorde à l'Arc-de-Triomphe, c'est un brouillard de poussière. Si vous vous regardiez, en rentrant, dans la glace, vous vous apercevriez que cela fait un petit trottoir sur votre langue.

Et là-dessus, les heureux du monde parisien se couchent poursuivis par un affreux cauchemar dans lequel ils voient la truite à la sauce verte danser sur leur estomac avec la contrôleuse du Cirque, en faisant vis-à-vis au cocher de fiacre qui tient par la taille l'orme du café-concert.

Connaissez-vous autrement que de réputation l'Académie de médecine?

Ne pas confondre avec la Faculté.

L'Académie de médecine est cet établissement au porche disgracieux et noirâtre, qui est tout surpris de se trouver de par les démolitions presque à l'angle du boulevard Saint-Germain, au lieu de rester caché, comme précédemment, dans la pénombre de l'étroite rue des Saints-Pères.

C'est là que chaque mardi se débattent les questions dont notre pauvre santé fait les frais.

Pas la moindre solennité dans ce local placé sous l'invocation d'Esculape. On franchit une grille de misérable apparence ; on s'engage dans un corridor lugubre, on arrive dans une salle dont les gradins, d'une déplorable rusticité, sont la plupart du temps absolument vides de spectateurs.

Éclairés par un jour blafard, les immortels de la médecine (qui ne peuvent malheureusement pas communiquer le secret de leur immortalité à leur clientèle) sont là qui se chamaillent sur notre dos avec une ardeur sans égale.

Toutes les fois que j'ai assisté à une séance de l'Académie de médecine, j'en suis sorti épouvanté, et me demandant comment la moyenne de la vie humaine a pu se maintenir au niveau qu'on lui attribue, alors que ceux qui devraient la prolonger sont si peu d'accord sur les moyens d'obtenir cette prolongation.

Prenez n'importe quel sujet de pathologie ou de thérapeutique, faites-le traiter à la tribune de l'Académie de médecine par un docteur quelconque. Immédiatement un autre docteur bondira sur son fauteuil, demandera la parole et entreprendra de démontrer que tout ce qu'a dit son collègue n'est qu'un tissu d'âneries monstrueuses, et que le spécifique qu'il a préconisé comme guérissant infailliblement telle ou telle maladie, en donne une autre dont on meurt non moins infailliblement.

Un définisseur a même appelé, de ce chef, l'Académie de médecine l'*orphéon de la discorde.*

Or, cet orphéon va déménager.

Grâce à des libéralités qui arrivent à propos, il va pouvoir se mettre plus convenablement

dans ses meubles, dans un local moins sinistre
et qui sera peut-être plus fréquenté.

Là est le point important.

L'Académie de médecine, enfouie dans cet
antre obscur où personne n'allait la chercher,
pouvait en prendre à son aise, sachant que ses
divisions n'étaient pas contrôlées par le public.

Il est temps d'ailleurs, car jamais le désaccord
ne fut plus général entre les princes, voire même
entre les chambellans de la science.

Vous rappelez-vous avec quelle ardeur on
nous préconisa pendant ces dix dernières années
l'usage de la viande crue ?

C'était la panacée infaillible.

Maintenant, non seulement la viande crue ne
peut faire aucun bien, mais elle fait tout le mal
possible. Elle a notamment, comme le démontre
un savant mémoire qui a paru sur ce sujet,
fait pulluler les vers solitaires, dont l'espèce se
propage si effroyablement que bientôt le ténia

ne trouvera plus un estomac où il puisse vivre dans sa solitude traditionnelle.

N'est-ce pas Corvisart qui disait autrefois avec une franchise peu imitée :

— Je suis toujours reconnaissant à un remède quand il ne me tue personne !

*
* *

Tandis que les médecins se chamaillent, les vétérinaires donnent à leurs ordonnances des solennités tout à fait humaines.

J'en ai là une sous les yeux, dédiée à un épagneul indisposé que son maître avait conduit chez M. ***.

(Je tiens au besoin le nom en réserve pour les incrédules.)

L'ordonnance du vétérinaire est ainsi conçue :

« ANÉMIE ET NERVOSITÉ

« Un léger purgatif deux fois par semaine.

« Deux repas par jour de viande saignante grillée.

2.

« Après le repas, un petit verre de madère au quinquina.

« Eau ferrugineuse pour boisson.

« Exercice modéré. »

Encore une fois, sur ma parole d'honneur, j'ai l'original entre les mains.

Le maître du chien, qui m'a confié ce document curieux, a ajouté que, depuis quinze jours, il suivait le traitement de son chien et qu'il s'en trouvait à merveille.

Il y a de quoi.

Un inventeur qui me paraît être un fort éleveur de canards a publié, dans un journal scientifique, une lettre aux termes de laquelle il prétend avoir trouvé le moyen de communiquer à un fruit le goût d'un autre, par un procédé dont il indique sommairement les bases.

Il s'agirait de verser sur les racines de l'arbre

fruitier auquel on veut donner une saveur qui n'est pas la sienne, une certaine quantité d'une essence extraite, je suppose, de la pêche, de la fraise ou de l'abricot.

N'a-t-on pas travaillé à produire également des roses qui ne sentent plus la rose?

Toutefois, je le répète, je n'accorde qu'une médiocre foi au système préconisé ; il me semble cousin germain d'une méthode qui fit naguère grand bruit en Italie, et qui donna lieu à un épisode dans lequel le mystificateur se trouva le très spirituellement mystifié.

Un journal italien avait publié un beau matin une communication d'un correspondant, annonçant qu'il avait trouvé le secret de l'œuf à la coque truffé !

Il suffisait, prétendait-il dans une description minutieuse, de prendre l'œuf au moment même de son apparition, de le plonger dans un hachis de truffes préalablement préparé et de l'y laisser macérer pendant douze heures.

Après quoi on obtenait un parfum délicieux quand on brisait la coquille.

Quelques jours après, un journal rival publiait une lettre ainsi conçue :

« Monsieur le Rédacteur,

« Je suis heureux de constater que je viens de mettre à l'épreuve le système préconisé par votre confrère pour parfumer artificiellement les œufs à la coque.

« J'ai obtenu des résultats merveilleux. Plus merveilleux même que votre confrère ne l'avait supposé.

« Après avoir en effet traité un œuf comme il l'indiquait, je l'ai fait immédiatement couver... et j'ai obtenu un poulet truffé !!!

« Faites de ma communication l'usage qu'il vous plaira. »

On en rit encore de l'autre côté des Alpes.

———

C'est en vain que l'Hippodrome a essayé de recommencer les beaux jours de la pantomime.

Elle a vécu avec les anciens Funambules.

Ah! la glorieuse période pour elle que celle des combats à la hache et des horions mémorables! Il y avait aux Funambules d'autrefois un guichet spécialement réservé à messieurs les auteurs qui voulaient offrir leurs livrets à la direction.

C'était simple comme bonjour.

On frappait au guichet. L'employé chargé de ce service parcourait des yeux le manuscrit.

Si la chose lui allait, il vous passait une pièce de cent sous avec un reçu préparé d'avance, et c'était fini. Votre scénario était devenu la propriété de l'administration.

Vous pensez bien que pour cent sous on ne pouvait pas avoir des chefs-d'œuvre. Un de mes amis a eu la chance ❧ pouvoir collectionner quelques-uns de ces *libretti* qu'il a retrouvés chez un vieux copiste qui était chargé de remettre au net les élucubrations des pourvoyeurs de la maison.

Il y a là dedans des merveilles incomparables.

Une des pantomimes était intitulée : *Pierrot*

chez les Incas, avec cette mention : Imité de M. Marmontel.

J'y cueille cette mention :

« Un combat singulier s'engage entre tous les Incas et Pierrot.

« La sauvagerie des premiers se dépeint par les gestes expressifs avec lesquels ils agitent leurs armes. »

Dans une autre pantomime, intitulée : *Androclès*, un lion de carton arrivait sur le théâtre.

« Alors, reconnaissant Androclès, il se mettait à genoux comme pour lui demander sa bénédiction !!! »

Mais la reine du genre, c'est *la Vivandière assassinée.* Quel titre !...

J'y trouve ces indications :

« La vivandière, entourée par les bédouins, fait signe que la gloire de la patrie lui est plus attachée que sa vie propre. Elle arrache l'étoffe du drapeau aux nobles couleurs et l'avale par morceaux. La fureur bestiale des bédouins les précipite sur elle, qui voit avec héroïsme sa tête voler en l'air. »

Avez-vous jamais songé au supplice que peut endurer une personne qui voit sa tête voler? Quel monde de pensées doit vous assaillir dans de telles conjonctures !

Il ne faudrait pas croire toutefois que la pantomime, au temps de ses triomphes, ait été le monopole des faiseurs infimes.

Plus d'un écrivain illustre prit plaisir à porter aux Funambules des scénarios à cent sous.

Méry, Balzac et Frédéric Soulié firent représenter aux Funambules chacun une pantomime.

Plus tard, aux Folies-Nouvelles, on vit sur l'affiche bien des noms célèbres.

Dantan, le sculpteur regretté, Nadar, Cham, signèrent des pantomimes.

Mais ce n'était plus la naïveté d'autrefois l'esprit l'avait remplacée sans empêcher qu'on la regrettât.

L'Opéra doit procéder à une exhumation.

La *Reine de Chypre,* si oubliée, va ressusciter au soleil de la rampe.

Que de souvenirs éveille cette reprise d'une œuvre qui, toujours jouée en province, n'a pas reparu sur les affiches parisiennes depuis de longues années !

Deux noms surtout sont ravivés dans les mémoires : celui d'Halévy et celui de Baroilhet, son interprète.

Halévy !... Celui-là eut tout ce que l'étude peut donner de talent. Par malheur, le génie ne s'enseigne pas.

D'où il résulte que, malgré tout ce talent-là, Halévy, dominé par les géants d'alors, par Rossini, par Meyerbeer, par Donizetti même, arriva à la renommée sans atteindre la gloire.

On cite sur lui un mot bien fin de Gustave Planche.

Quelqu'un parlait devant celui-ci avec enthousiasme de la *Reine de Chypre* précisément.

Gustave Planche se mit en travers de ce débordement excessif d'admiration.

— Halévy, dit-il, me fait l'effet d'un peintre dont tous les originaux ressembleraient à des copies.

Il y avait bien du vrai dans ce jugement.

Le public saluait volontiers ses œuvres, mais c'était parce qu'il les avait vues autre part. Halévy, — sauf exceptions faites pour certains fragments de *la Juive,* — Halévy n'était pas une lumière. Il n'était qu'un reflet.

Reflet d'Hérold dans *l'Éclair;* reflet de Meyerbeer, déjà nommé, dans mainte autre partition; reflet de l'école italienne aussi. Ce qui ne veut pas dire qu'il y ait beaucoup d'Halévy dans le monde.

Ah! si nous en avions un aujourd'hui pour nous faire des partitions bien lucides, bien arrêtées de contours, bien travaillées d'harmonie, sans tomber pour cela dans l'algèbre!

..*

Fort méticuleux aux répétitions, mais d'une politesse exquise, Halévy était très aimé de l'orchestre.

Quand il avait une observation à faire, il prenait toujours quelque moyen spirituellement détourné. Car c'était un homme de l'esprit le plus délicat et le plus cultivé.

Roqueplan l'appelait même, à ce propos, un *musicien de lettres.*

Et, en effet, il y avait plus peut-être l'étoffe d'un lettré en lui que le tempérament d'un maëstro.

Quoi qu'il en soit, comme je le disais, s'il voulait faire une observation ou rectifier une erreur de ses interprètes, il tournait la difficulté avec une dextérité incomparable.

Un jour, l'orchestre avait pressé outre mesure le mouvement d'un morceau.

Halévy tire doucement sa montre de sa poche.

Et s'adressant, avec un sourire, au chef d'orchestre :

— Cher monsieur Habeneck, vous êtes mille fois aimable de ne pas vouloir retarder l'heure de mon dîner ; mais j'avais prévenu chez moi qu'on ne m'attendît pas avant sept heures et demie. Nous pouvons donc reprendre ce quatuor dans le mouvement vrai.

Habeneck comprit.

Il dissimula une légère grimace et recommença dans l'esprit de la partition.

*
* *

Baroilhet, dont la renommée trouva dans la *Reine de Chypre* sa consécration la plus éclatante, ne fut jamais, à proprement parler, une belle voix.

Un nasillement incorrigible, ou, pour dire plus exactement, *incorrigeable*, s'opposait à ce qu'il fût jamais classé parmi les virtuoses du chant.

Théophile Gautier le définissait ainsi :

— Impossible d'avoir plus de cœur dans le nez.

La définition était exacte. C'était précisément le cœur qui animait et transfigurait l'artiste, médiocrement doué.

Il paraissait maigre, long, anguleux. Rien qui prévînt en sa faveur. La figure, en lame de couteau, était comme figée dans une expression de roideur hautaine.

La première impression était défavorable.

Mais, à mesure que Baroilhet avançait dans son rôle, il maîtrisait son public avec une autorité toujours grandissante. Et le succès suivait un crescendo voulu.

Succès de courte durée ; car Baroilhet dut quitter la scène de bonne heure.

Une bronchite vint aggraver le nasillement de telle façon qu'il semblait avoir la pratique de Polichinelle dans la bouche.

Pour se consoler et aussi pour gagner sa vie, car il était peu fortuné, il se livra au commerce des tableaux et devint un des hôtes assidus de l'hôtel des Ventes.

Qui ne se souvient d'avoir rencontré dans les salles ce monsieur étriqué, silencieux, mélancolique, qui errait çà et là comme une âme en peine ?

Toujours tiré à quatre épingles, le chapeau légèrement incliné sur l'oreille, les mains enfoncées dans son pantalon à plis, Baroilhet paraissait immuable. Il aurait été impossible de lui donner un âge, grâce à l'habileté qu'il déployait pour réparer les irréparables outrages.

Cependant il réalisait cet incroyable tour de force de maigrir encore, de maigrir toujours !

Quand il mourut, il aurait pu remplir le personnage de l'homme squelette, cher aux badauds.

Pauvre Baroilhet !

Sa retraite prématurée avait laissé une grande amertume après elle. Il évitait avec soin de parler théâtre.

C'était à ce point que, passant plusieurs fois par jour devant l'ancien Opéra, puisqu'il venait constamment à l'hôtel de la rue Drouot, — c'était à ce point qu'il traversait toujours la chaussée pour prendre le trottoir opposé !

Un jour qu'il causait par extraordinaire avec quelque expansion, je l'entendis résumer en une phrase tous ses inconsolables regrets :

— Ce qu'il y a de douleur, disait-il, pour l'artiste qui est obligé de quitter la scène, nul autre que lui ne le peut savoir...

Puis après une pause ponctuée d'un profond soupir :

— Et cela se comprend... c'est un homme qui, de son vivant, voit sa veuve se remarier !

*
* *

A propos de cette *Reine de Chypre,* quel bel exemple elle fournit des non-sens qui ont cours dans la poésie des librettistes !

Tout le monde sait par cœur les fameux couplets du Jeu chantés par Mocenigo.

Ces couplets furent, à la création, un des éléments du succès de l'ouvrage. Ils furent répétés par les échos des quatre coins de la France.

Et personne n'a eu l'air de s'apercevoir que les paroles sur lesquelles a été adaptée la fraîche mélodie d'Halévy sont totalement dépourvues de sens dans les quatre premiers vers.

Ces vers, les voici :

> Tout n'est en ce bas monde
> Qu'un jeu,
> Et le sage LE fronde
> Un peu !

Le sage *le* fronde !

Qui *le*? quoi *le*?

Est-ce tout que le sage fronde? Est-ce le monde?
Est-ce le jeu?

Impossible d'en sortir.

Il ne faut toutefois pas se montrer trop sévère
pour la mémoire de feu Saint-Georges, l'auteur
du non-sens. Halévy, en effet, lui avait imposé
ce qu'on appelle un monstre.

Le monstre, c'est un assemblage extravagant
de syllabes, à l'aide duquel le compositeur
indique à son parolier la coupe dont il a besoin
pour pouvoir placer un air fait d'avance.

C'était le cas de ces couplets. Halévy avait
trouvé l'air au piano. Il voulait caser cet air-là.
Il indiqua et imposa la coupe à Saint-Georges.

Tire-toi de là comme tu pourras.

Dans l'histoire de ces monstres, le plus
célèbre est celui qu'Hérold adressa un jour au
librettiste du *Pré aux Clercs*. Un matin celui-ci
reçoit un billet ainsi conçu :

« Mon cher Planard,

« J'ai trouvé cette nuit un motif sur lequel je

compte beaucoup. Vite, vite, des paroles. Quelque chose de rythmé comme le galop d'un cheval :

> Ça va bien,
> Ça va bien !
> Nom d'un chien,
> Nom d'un chien !
> Ça va bien,
> Ça va bien !
> Nom d'un chien,
> Nom d'un chien !... »

Planard se gratta d'abord l'oreille.

Puis il se mit à la besogne, et c'est de là qu'est
né le délicieux morceau, devenu si populaire :

> C'en est fait, le ciel même
> A reçu nos serments...

Planard était resté fidèle au rythme qui rappelle le galop d'un cheval.

C'était tout ce qu'il fallait.

De grandes affiches placardées sur les murs

de Paris se sont évertuées à faire savoir aux Parisiens que, tel jour et à telle heure, devaient être vendus les débris et défroques de Mlle X..., célébrité moins que demi-mondaine.

Où nous mettons Mlle X..., les affiches ont eu soin d'imprimer en toutes lettres un nom dont elles ont cru pouvoir faire une annonce pour la curiosité malsaine et la badauderie érotique. Nous n'en félicitons ni notre temps, ni celle qu'on a honorée (est-ce bien le mot ?) de cette vedette gigantesque.

On comprend, quand il s'agit de livrer aux enchères le mobilier et les souvenirs d'un écrivain connu, d'un savant illustre, d'un artiste en vogue, d'un comédien hors ligne, — on comprend l'attraction que le nom peut exercer, et c'est une façon fort légitime, en somme, de rendre hommage à une renommée loyalement acquise.

Mais ce n'est pas de cela qu'il s'agit; on exploite le scandale et non la notoriété. On semble dire aux passants :

— Vous vous rappelez bien cette personne, dont les aventures, plus que galantes, ont fait rougir la France et l'Angleterre? Vous vous rappelez bien celle qui se promenait naguère au bras d'un prince déclassé? Vous vous rappelez bien celle en l'honneur de laquelle un jeune homme se tira un coup de pistolet?... Oui, vous y êtes, c'est elle-même. Accourez donc à sa vente. On y négociera probablement des reliques du prince et des autres. Peut-être même le pistolet qui fut acteur dans le drame que vous savez sera-t-il au nombre des bibelots. Sans compter que, dans les tiroirs, on a chance de trouver des bouts de lettres égarés, et quelles lettres! Allons, Messieurs, on va rire; allons, Mesdames, c'est une occasion sans pareille pour regarder par la porte entre-baillée d'un boudoir interlope. Qu'on soit exact au rendez-vous!

Je la trouve profondément écœurante, cette convocation tapageuse. Mais ici, du moins, la morale publique a eu sa revanche toute préparée d'avance.

D'ordinaire, c'est après décès que ces encans ont lieu. La demoiselle dont on vend la dépouille est morte dans un somptueux petit hôtel ou dans un appartement de grand luxe, environnée de nombreux domestiques et criblée de contrats de rentes.

D'où il résulte une excitation publique à l'inconduite.

On voit plus d'un regard féminin traduire, à l'aspect de ces richesses, une convoitise mal dissimulée.

Des femmes honnêtes qui se sont fourvoyées là font tout bas de fâcheuses comparaisons entre les splendeurs du vice et la médiocrité peu dorée de la vertu ; entre les arrogantes beautés de ce mobilier de la courtisane et les meubles chétifs qui garnissent, sans l'orner, l'intérieur de famille.

Et de ces parallèles corrupteurs plus d'un déraillement fut le résultat. Ici, heureusement, la conclusion n'est pas précisément la même : la vente a eu lieu pour cause de débâcle; c'est le revers de la médaille. Histoire de prouver que, quelquefois, par hasard, le bien mal acquis ne profite pas.

L'exception est bonne à noter; car la règle,

aujourd'hui, est, pour les notabilités du monde facile, l'application du mot célèbre de Caussidière : « Elles font de l'ordre avec du désordre. »

C'est même un signe des temps que cet esprit de comptabilité s'introduisant dans ce monde tourbillonnant.

Jadis, on y vivait au jour le jour, sans penser au lendemain, qui, le plus souvent, était l'hôpital. L'insouciance n'était pas une excuse, mais elle était au moins une circonstance atténuante. Aujourd'hui, au contraire, c'est la tenue des livres en partie multiple. On place ses fredaines à la Caisse d'épargne. C'est hideux.

En somme, donc, Mlle X... a bien fait de convoquer bruyamment le public à sa vente. C'est une leçon qui profitera peut-être. Et si quelque autre vente du même genre a lieu, allez-y, vous qui avez besoin de savoir comment s'écroule ce qui est bâti sur la boue.

Allez-y pour méditer sur l'enseignement qui jaillit de ce dénouement où le marteau du commissaire-priseur prend des airs de justicier.

Il est bon qu'on sache qu'à ruiner les autres

on peut finir par devenir ruiné soi-même. On
en voit tant passer en équipages, qu'il est sou-
lageant de constater, même à titre d'exception,
que le sort en a mis une à pied.

On a écrit des volumes de commentaires sur
l'ouverture du Salon.

On a absolument négligé d'en étudier la clô-
ture.

C'est un tort. Il y a là matière à observation.

Par exemple, aucune analogie entre le commencement et la fin.

Le public du dernier jour peut se décomposer
ainsi :

Les artistes restés à Paris, qui viennent pour
savourer une dernière satisfaction ou exhaler une
dernière plainte, suivant qu'ils ont ou n'ont pas
été placés sur la cimaise.

Les bourgeois portraiturés, qui veulent jouir
encore une fois de l'effet que produit leur image
publiquement exposée.

Les étrangers de passage, qui vont là comme ils vont au Jardin des Plantes ou aux tours Notre-Dame.

Les critiques, désireux de promener *in extremis* leur sacerdoce avec une gravité pleine de menace, qui semble dire : Malheur, pour l'an prochain, à ceux qui auraient l'air de me méconnaître aujourd'hui !

Les acquéreurs de tableaux, curieux de contempler leur emplette, et se murmurant tout bas : « J'ai bien peur d'avoir été mis dedans. Si j'avais attendu jusqu'à la fermeture, j'aurais eu mon paysage à moitié prix. »

Les désœuvrés et les petites dames, pour qui une dernière est une première au rebours.

Puis un certain nombre de portiers, à qui leurs locataires ont repassé des cartes d'entrée.

Qu'importe qu'elles soient saisies ce jour-là pour prêt illégal ? On n'en a plus besoin !

Olla podrida bizarre ! Baroque assemblage !

Rien n'a été changé, cette année, dans la formule de cette solennité défraîchie où se font tant de *mea culpa*.

Celui du client pensant :

—Ai-je été assez bête de me faire peindre par cet Y... !

Celui de l'artiste pensant :

— Décidément, mon exposition a été ratée. Je prendrai ma revanche l'année prochaine avec quelque coup de pistolet. Il faut cela aujourd'hui.

Celui du marchand de livrets pensant :

— On en a tiré cinq mille de trop. Il faudra tâcher d'éviter ce bouillon-là.

Celui de l'amateur pensant :

— Une autre fois, je marchanderai davantage.

Celui du gardien pensant :

— Il y a quatre jours que j'aurais dû ôter mon gilet de flanelle, avec des chaleurs pareilles. Je n'y ai pensé que ce matin, il était bien temps !... Mais, l'année prochaine...

E finita la comedia ! On ferme, Messieurs !

Aux États-Unis, dernièrement, on enterrait un

jockey, un simple jockey, qui avait en sa vie trouvé le moyen de gagner la bagatelle de dix millions.

Comme Aristide, il n'en est pas moins mort pauvre, car c'était un parieur effréné.

Chez nous, les jockeys n'en sont pas là. Mais on s'y achemine.

Il y en a plusieurs déjà qui arrivent dans leur coupé à Auteuil ou à Longchamps.

Après avoir servi de prête-nom, ils se mettent à avoir des chevaux pour leur compte, ce qui leur permettra de se livrer à des combinaisons dont les infortunés parieurs feront bien de se méfier.

Si tant est que la passion du jeu puisse raisonner jamais et se tenir sur ses gardes !

Tenez ! un homme qui aurait pu nous donner, sur cette passion-là, des renseignements précis et topiques, c'est M. Fama, qui fut jadis directeur du casino de Saxon.

Ce Saxon était bien l'endroit le plus pelé, le plus galeux, le plus bourbeux du monde. Entre deux montagnes du Valais, entre deux goitres

de ses habitants, une vallée étranglée, sans vé-
gétation, semée de marécages.

Auriez-vous jamais supposé qu'il pût venir à
l'idée d'installer là un rendez-vous de plaisirs ?
Cette idée, M. Fama l'avait eue, parce qu'il savait
quelle attraction puissante le jeu exerce.

Il s'était dit :

— On viendra quand même se faire dévorer
par les moustiques, enfiévrer par les émanations
paludéennes.

Et il avait obtenu l'autorisation d'installer une
roulette, et on était venu en effet. On viendrait
encore si cette autorisation n'avait été retirée
par le puritanisme helvétique.

On jouait dans un casino en bois, badigeonné
à la mauresque. On jouait l'hiver comme l'été;
l'hiver sous la neige, alors que chacun était réduit à se frayer une route pour aller de son gîte
au tapis vert.

C'est là que s'étaient réfugiés les joueurs à
quia, les décavés qui se cramponnaient à un dernier espoir. Le minimum de Saxon avait été de

un franc ! C'étaient des batailles sinistres, ces
batailles de gros sous.

Quelques cabanes, dans lesquelles on vendait
des bibelots étranges, avoisinaient le casino.
Tout cela sordide, dépenaillé, navrant. C'était
comme le Sainte-Périne du jeu. Ce qui n'empêchait pas le total de l'addition d'être, au bout de
l'année, fort rondelet.

Ne jouait-on pas aussi sur la frontière d'Es-
pagne au temps de la guerre civile, au milieu des
bandes de flibustiers qui venaient de temps en
temps rançonner le pauvre monde ? Au Pont-du-
Roi notamment, je fus témoin de spectacles
étranges.

Des vedettes avaient été placées par l'administration dans la montagne même. Soudain,
quand la partie était engagée et que les touristes
se pressaient dans l'espèce de hutte qui lui servait d'abri, on entendait le son du cor d'Hernani.

— Sauve qui peut ! Les carlistes ! criaient les
croupiers.

Tout le monde aussitôt de déguerpir en four-
rant dans ses poches les jetons de fer-blanc

qui remplaçaient l'argent, de peur de surprise.

C'est à ce même Pont-du-Roi que le directeur se promenait, observant la partie d'un œil jaloux. S'il arrivait, par hasard, à un étranger de gagner un certain nombre de coups, notre homme devenait rouge, roulait des yeux flamboyants, s'élançait sur l'employé qui tenait les cartes et se mettait à tailler lui-même, avec un geste qui semblait dire :

— Nous verrons bien si vous oserez ne pas perdre, maintenant que vous allez avoir à faire à moi.

M. Fama, à Saxon, n'opérait pas lui-même. Il avait amassé une fortune considérable. Il avait même été, je crois, président de la municipalité et député au grand conseil du Valais.

Il est mort à Nice, dans un paysage qui le dédommageait de son ancien séjour aux mornes parages dont je viens d'évoquer le souvenir désolé.

Si nous ne lisons pas, ce n'est pas faute de livres.

Une statistique est venue nous apprendre, en effet, que les bibliothèques publiques de Paris renferment la bagatelle de quinze cent mille volumes.

Il est vrai que, sur le nombre, il y en a bien les trois quarts qui n'ont pas été ouverts depuis trente ans !

Curieuse monographie à écrire que celle des bibliothèques de Paris ! Le chapitre le moins intéressant ne serait pas celui qui serait consacré aux bévues de ce bon public. Un homme d'esprit de nos amis, qui remplit les fonctions de conservateur dans une bibliothèque, a fait collection de calinotades et de drôleries, toutes authentiques et d'un comique irrésistible.

C'est à lui qu'arriva l'aventure du bonhomme qui vient demander un dictionnaire.

— De quel auteur ? fait le conservateur.

— Mon Dieu, à peu près vingt-cinq centimètres ; c'est pour m'asseoir dessus.

Une autre fois, un lecteur à l'aspect rustique réclame les *Caractères de La Bruyère.*

Cinq minutes après, il rapporte le livre d'un air vexé en disant :

— Je croyais que c'était un ouvrage sur les plantes.

Notre ami a aussi fait collection des bulletins rédigés par les lecteurs avec des fantaisies orthographiques qu'on n'inventerait pas.

Nous en avons remarqué un qui, pour désigner le célèbre livre de Le Sage, était ainsi conçu :

Aventures de J. Le Blasse!!!

Quand je vous dis qu'il y aurait à faire un livre désopilant en même temps qu'instructif avec l'histoire des bibliothèques de Paris !

Un conflit bizarre.

Certains restaurants du Palais-Royal ont la spécialité des noces.

Vous avez vu certainement, en passant dans ces rues sombres comme un corridor qui font une ceinture au célèbre jardin, vous avez vu, stationnant là, la file des grands landaus de louage qui promènent de la mairie à l'église, et de l'église au restaurant, les époux plus ou moins assortis qui viennent de nouer pour la vie les liens du mariage.

C'est là. Le matin, on déjeune avec accompagnement de couplets. Dans la journée, c'est sans inconvénient. Le soir, on pourrait même tolérer encore les refrains du dessert. Mais le dessert est suivi d'un bal, et le bal se prolonge souvent toute la nuit.

Vous figurez-vous quelle peut être la condition des infortunés voisins qui se trouvent ainsi condamnés aux échos du flageolet à perpétuité, et dont le sommeil, quand sommeil il y a, se trouve secoué en sursaut par le quadrille de l'*Amant d'Amanda* ou la *Valse des Roses?*

Lorsque la chose arrive exceptionnellement dans une maison particulière, on peut encore s'en tirer.

Lireux racontait, à ce propos, une anecdote d'un irrésistible comique.

Lireux habitait, en ce temps-là, rue de Vaugirard ; il était directeur de l'Odéon. Un soir, en rentrant du théâtre, harassé de fatigue et savourant d'avance le plaisir d'un fort somme, il est surpris par les fanfares désordonnées d'un piston frénétique.

Grand Dieu ! comment fermer l'œil avec un pareil vacarme, qui se prolongera évidemment toute la nuit ? Car Lireux vient de se rappeler que c'est le quincaillier d'en bas qui marie sa fille et qui fête cet heureux événement par un bal donné dans ses appartements privés, lesquels étaient justement situés au-dessus de la tête du spirituel écrivain.

Lireux mesure la situation d'un coup d'œil. Sa résolution est aussitôt prise.

Il grimpe chez son voisin, entre, et, aussitôt la polka achevée, monte sur une chaise pour haranguer les assistants.

Tout le monde naturellement l'écoute.

Il explique comment il ne saurait souffrir, au nom du bon voisinage, qu'une fête aussi charmante ait lieu dans un local aussi exigu, et déclare qu'il met pour le restant de la nuit la scène de l'Odéon à la disposition des danseurs. C'est à deux pas. En avant, marche !

Le papa quincaillier veut ébaucher une molle résistance. Les invités, fort excités, acclament Lireux. Piston en tête, on se met en route pour l'Odéon, où il fait rallumer la rampe.

Puis, quand il s'est bien assuré que les danses se sont organisées, il rentre tranquillement se coucher chez lui.

Le lendemain, à l'heure de la répétition, on trouvait le garçon d'honneur qui ronflait derrière un portant. Comme c'était une tragédie qu'on répétait, le malheureux, quand on le réveilla, se voyant entouré d'hommes coiffés de casques et armés de piques, se mit à pousser des cris terribles. Il ne savait plus du tout où il se trouvait et se demandait s'il n'était pas devenu fou.

Mais tout le monde n'étant pas directeur de

l'Odéon, on n'a pas le moyen de se débarrasser aussi facilement des noces d'alentour.

Or, jugez quelle existence ce doit être pour les gens qui, habitant au-dessus des restaurants en question, subissent d'un bout de l'année à l'autre le supplice des avant-deux d'autrui.

Henri Monnier, en pareille circonstance, descendit un jour chez un de ses voisins et demanda la permission de se mêler aux joyeux ébats de la société. Elle lui fut si gracieusement accordée que, vers la fin du bal, un des pères des demoiselles présentes le pressait tendrement d'épouser sa fille.

Mais Monnier, d'un air effaré, tire sa montre :

— Déjà quatre heures! Ah! mon Dieu, où ai-je la tête? je suis capable d'arriver en retard. Désolé de vous quitter, mais j'ai une exécution à faire ce matin.

Le père de la demoiselle n'insista pas.

Malheureusement tous ces expédients ne sont valables que pour une fois; et quand il s'agit d'un fléau permanent, que faire?

Les habitants du Palais-Royal ont signé une

pétition adressée à la Préfecture de police.

Comment leur donner satisfaction ? Décidera-t-on que les noces désormais ne pourront folâtrer qu'à un kilomètre d'une maison habitée, ce qui contraindrait les invités à aller s'ébattre dans la plaine Saint-Denis ?

C'est inadmissible.

D'autre part, les doléances des pauvres victimes sont dignes de compassion.

Ah! que les problèmes sociaux sont donc difficiles à résoudre !

Certes, je suis prêt à rendre un hommage bien senti à la fécondité des inventeurs.

Ils sont en train de nous faire une existence mécanique et automatique qui abondera en surprises, une existence à ressorts, avec huit trous en rubis, qui marchera un certain nombre d'années sans avoir besoin d'être remontée.

Il y a déjà des machines presque pour tous les usages de la vie : machine à faucher, machine à battre, machine à coudre, machine à carder, machine à raser... etc., etc., etc... mais je ne me serais jamais imaginé qu'on pût arriver à la machine à aimer.

C'est presque cela pourtant qu'a découvert un chercheur de la plus rare ingéniosité.

Son appareil, dont j'ai lu la description technique, est une berceuse qui, au moindre cri poussé par le bébé qui se réveille, se met, ainsi que son nom l'indique, à le bercer pour éteindre ses plaintes.

Autrefois, c'était la mère qui, défiant toute fatigue et prompte à toute alarme, revendiquait avec un avare souci le privilège de ces chères vigilances-là. Mais à quoi bon, puisque les engrenages s'en mêlent à présent et ont imaginé la maternité de Vaucanson ?

Un de ces jours surviendra un second trouveur, qui, celui-là, prendra un brevet de perfectionnement. Et il y aura de quoi. A la berceuse actuelle, il aura ajouté un nouveau système qui imitera le bruit des baisers maternels, et qui au besoin chantera : Dodo, l'enfant do !

De cette façon, les vraies mères, les mères en chair et en os, pourront reposer tout à leur aise ; elles pourront même aller au théâtre ou au bal sans avoir à se préoccuper autrement du berceau gênant. Le pauvret qui sera dedans aura l'illusion et le sommeil forcé. Tant pis pour lui si ces caresses artificielles ne lui suffisent pas, s'il souffre, s'il pleure quand même.

La mécanique a décrété qu'il ne devait ni pleurer, ni souffrir.

Ah ! nous sommes vraiment de fiers savants. Mais je regrette tout sincèrement le temps où, moins érudits, nous vivions en nous contentant de

> Nous laisser aller doucement
> A la bonne loi naturelle,

comme dit Mathurin Régnier en sa belle épitaphe.

Ces contrefaçons machinales, quand elle s'attaquent à ces détails-là, ont quelque chose d'odieux et de contristant.

Oui, parbleu! on le sait bien, c'est une pénible et inexorable fonction que cette fonction de la mère, esclave du moindre caprice, du moindre

geste, du moindre cri, n'ayant plus la libre disposition de ses jours ni de ses nuits, devenant
pour ainsi dire la chose de l'enfant sur qui elle
veille.

Un tyran sans pareil que le roi Bébé !

Mais ces angoisses, ces servitudes, ces souffrances, c'est ce qui fait le patrimoine de tendresse, c'est ce qui fait la satisfaction du devoir
accompli, c'est ce qui fait l'indissoluble atta-
chement par les épreuves endurées.

Messieurs les mécaniciens, passez votre chemin, je vous en prie. Ceci n'est pas de votre
domaine.

On a jugé en Vendée un charlatan éhonté qui
faisait métier de prédire et d'assurer de bons
numéros aux jeunes conscrits que l'amour de la
patrie enflammait... au point de leur inspirer
l'ardent désir de ne pas la servir.

Avez-vous lu les détails inouïs de cette affaire ?
Ils attestent combien, par certains côtés, notre

civilisation est restée incurablement barbare. Le flibustier en question rencontrait chez les jeunes gens des crédulités vraiement monstrueuses.

Il leur disait:

— Pour amener le bon numéro que vous ambitionnez, il faut d'abord me donner vingt francs.

Ils donnaient!

— Puis vous porterez pendant douze jours un valet de trèfle dans votre soulier gauche.

Ils portaient!

Comment et par quels mystérieux liens pouvaient-ils supposer que le valet de trèfle se rattachait aux applications de la nouvelle loi militaire? C'est ce qui est resté inexpliqué autant qu'inexplicable.

Voilà cependant à l'aide de quels grossiers procédés on exploite la stupidité publique.

Et notez que les naïfs villageois du fond de la Vendée ne sont pas seuls à se laisser faire avec cette complaisance burlesque. Savez-vous combien, à l'heure qu'il est, on compte à Paris d'individus des deux sexes qui vivent de l'art de dire la bonne aventure? Sous cette rubrique il convient, bien entendu, d'englober à la fois les chiromanciens et les chiromanciennes, les somnambules extra-lucides, les tireurs et les tireuses de cartes, interprètes du marc de café, etc...

Eh bien! il existe en ce moment même dans la capitale cinq cent soixante-dix cabinets de consultation, fonctionnant tous les jours pendant quatre ou cinq heures.

Chez certaines notabilités du genre, il est nécessaire de se faire inscrire une semaine d'avance pour avoir enfin l'honneur de verser les quarante francs. C'est le tarif minimum.

La statistique, basée sur des renseignements sérieux, évalue à cinq millions huit cent mille francs les sommes ainsi extorquées annuellement à la candeur de leur clientèle par ces vendeurs d'inconnu, par ces marchands d'espérances à forfait.

Allez donc ensuite vous moquer des paysans vendéens!

Les meilleures pratiques sont, pour les sorcières modernes, les demi-mondaines et... les cuisinières.

Explique qui pourra le besoin fantasque res-
senti par les cordons bleus. Je me borne à constater un fait authentique. A tel point que — détail
curieux — à chaque marché de Paris est attaché,
à poste fixe, un diseur de bonne aventure qui ne
chôme pas dix heures par jour.

C'est dans un cabaret voisin que, pour la bagatelle de vingt sous (un franc cinquante depuis
l'Exposition), il donne ses consultations aux virtuoses de la danse du panier.

Quand le bonhomme n'est pas en séance, il se
promène à travers les petits verres, devant les
comptoirs d'alentour, ce qui fait que, parfois, il a
peine à formuler ses oracles d'une voix intelli-
gible, tant il arrive à être ému vers le soir. Mais
la confiance des habituées n'est pas ébranlée pour
si peu.

Est-ce parce qu'elles ont entendu parler du
proverbe qui dit : *In vino veritas?* Lequel proverbe — soit dit entre parenthèses — s'accorde
assez mal avec la légende qui logeait cette même
Vérité dans un puits.

Quoi qu'il en soit, le cartomancier pour cuisinières se fait de jolies journées de vingt-cinq et trente francs. Les appointements d'un sénateur !

Chez les nécromanciennes et sibylles de high-life, on encaisse jusqu'à trois cents francs.

*
* *

— Mais, vous demanderez-vous probablement, comment, si saugrenue que soit la clientèle, se laisse-t-elle éternellement berner par des farceurs et des farceuses qui ne doivent jamais dire un mot de vrai ?

Vous vous abusez.

De même que, dans les prédictions imprimées au hasard de la fourchette dans l'Almanach de Mathieu Laensberg, il arrive parfois que la prophétie tombe juste, de même il y a des rencontres fortuites dont bénéficie le crédit du surnaturel.

L'Almanach de Mathieu Laensberg a naturellement soin de marcher sur la piste des vraisemblances. Il ne s'aventurerait pas, vous le comprenez, à prédire de la neige en juillet. Quand il

vous annonce des averses en février, c'est bien
le diable s'il ne tombe pas juste deux fois sur
trois.

Ainsi des tireuses de cartes et des somnambules au fluide mystificateur.

Elles ont assez l'expérience de leur spécialité
pour savoir que, la plupart du temps, la curiosité
des consultantes oscille entre ces deux termes :
affaires de cœur, affaires d'argent. Deux termes
qui, le plus souvent, n'en font qu'un.

Partant de là, elles ont préparé un certain
nombre de boniments tout faits, dont l'énigma-
tique préméditation peut s'appliquer à peu près
à tout le monde.

Mais, en outre, les sommités du genre ne ré-
culent pas devant la dépense pour compliquer la
représentation d'une mise en scène avec truc.

Celles-ci, en effet, payent d'intelligentes com-
plicités qui les aident à frapper d'étonnement les
imaginations.

Voici comment :

Vous allez consulter. Dans le salon d'attente,
une dame élégamment vêtue et de l'extérieur le

plus distingué (l'extérieur distingué se trouve ai-
sément, quand on y met le prix).

La dame, sous un prétexte quelconque, engage la conversation. En vous faisant l'éloge de
la somnambule ? Allons donc ! Ce serait trop
primitif. En manifestant, au contraire, les doutes
les plus formels.

— Mais, ajoute-t-elle, j'ai une amie qui l'a con-
sultée et qui en dit merveille. Cette amie, ayant
appris qu'on m'avait pris un bracelet, a voulu
absolument que je vinsse consulter; je ne crois
pas un mot de ces prétendus prodiges. Enfin ! je
verrai bien !

Cette confidence, émise avec un accent de
sincérité que corrobore encore le scepticisme
affiché par l'inconnue, inspire inévitablement
confiance. A votre tour, vous vous laissez aller à
toucher un mot du motif qui vous amène.

Cela fait, — après quelques minutes d'en-
tracte, — l'inconnue tire sa montre :

— Décidément, il y a trop de monde et je ne
puis me résoudre à attendre si longtemps. Tant

pis pour mon amie! Je ne consulterai pas sa somnambule.

Elle sort avec un gracieux sourire.

Elle sort pour rentrer par une porte dérobée dans le cabinet de consultation, où elle se hâte de fournir tous les renseignements que vous avez fournis vous-même et qui serviront à vous plonger dans la stupéfaction...

On sait toutes ces fourberies. L'intervention de la police a fait de son mieux, à diverses reprises, pour couper court à cet exploitage.

Peine perdue. La profession continue à fleurir, comme je vous l'indiquais ci-dessus.

Que voulez-vous? La réalité est si lugubrement monotone, qu'on ne peut blâmer ceux qui cherchent ainsi à s'en évader par la porte du surnaturel !

———

Navrant spectacle que celui du bord de la mer, alors que la bise souffle et que les giboulées de juillet nous inondent. Il faut y avoir passé pour savoir ce qu'est l'existence à laquelle on est condamné dans de pareilles conditions.

Passe encore pour les grandes stations balnéaires, bien que là encore la séquestration forcée dans le casino cellulaire finisse par devenir terriblement monotone.

Quand on a passé en revue toutes les toilettes d'autrui ; quand on a épuisé son fonds de méchancetés sur ses voisines d'hôtel, sur les solécismes d'élégance commis par les unes et les autres ; quand on a raillé l'embonpoint de celle-ci, persiflé la maigreur de celle-là ; quand on a entendu une bonne vingtaine de fois, à la même heure, le même orchestre dévider les mêmes valses du même Strauss (Johann) ; quand on sait par cœur le répertoire dramatique de la troupe ambulante qui dessert la localité ; quand on a exhibé tous ses costumes et qu'il pleut toujours, toujours, toujours, on commence à regarder avec convoitise dans l'*Indicateur des chemins de fer* l'heure des trains qui retournent à Paris.

Mais tout cela n'est rien à côté du supplice qu'ont à subir les malheureux et les malheu-

reuses que leur mauvaise étoile a fait échouer
sur une petite plage paisible et charmante,
comme tel ou tel X...-sur-Mer.

Oh ! oui, paisible ! Quant au charme, il peut
exister, en effet, lorsque le soleil daigne se mettre
de la partie.

Mais lorsque c'est, au contraire, la rafale !

Le casino de l'endroit est figuré par une sorte
de hangar en planches que les courants d'air tra-
versent de la façon la plus lamentable. Deux ou
trois journaux, dont un, appartenant à la localité, ne paraît qu'une fois par semaine, sont le
maigre régal offert aux intelligences. Le soir, la
salle de réunion, comme dit l'administration avec
emphase, est éclairée par deux lampes au pétrole
qui compensent le trop peu de lumière par le
trop d'odeur et qui infectent sans éclairer.

Ah ! j'oubliais ! L'administration a poussé la
magnanimité jusqu'à offrir à son public une
distraction nouvelle. Elle a acheté, d'occasion,
un vieux télescope qui représente l'unique récréation de toute la journée.

On fait queue pour mettre son œil à la hauteur

du verre, lorsque, par hasard et à de longs intervalles, on signale une voile à l'horizon.

Et les papas, venus en famille, disent à leur
mioche :

— Georges, si tu ne fais pas trop de bruit, demain matin avant que nous soyons réveillés, je
te mènerai voir dans la lunette.

Et lorsque la voile en question a été signalée,
par extraordinaire, c'est un sujet de conversation pour le reste du jour. C'est un événement
pour toute la colonie.

Mais pas même cette ressource lorsqu'il pleut
à verse, car l'horizon est muré.

Alors on voit, ombres errantes, âmes en peine,
des femmes encapuchonnées courir précipitam-
ment de l'hôtel au casino. Là, ruisselantes d'eau
et transies, elles s'installent, crochet ou tapis-
serie en main. Des ouvrières payées à la pièce et
réduites à gagner leur pain quotidien ne mettent
pas plus d'opiniâtreté à leur tâche.

On gagne ainsi l'heure du dîner. Mais le soir !...
A tâtons sur la plage noire comme un four, on
s'avance, escorté par les hurlements sinistres du

vent. Le pétrole de la direction montre de loin le chemin. Mais c'est un guide bien insuffisant, car à chaque pas un cri indique que l'on vient de mettre le pied dans une flaque d'eau.

Et dans les ténèbres on entend :

— Par ici, Virginie.

— Si tu crois que c'est commode... Tu t'en vas devant avec le parapluie.

— C'est pour abriter le petit.

— Comme si l'on n'aurait pas mieux fait de le coucher... Mais attends-moi donc.

— Tu pourrais bien te dépêcher, d'un temps pareil.

— Quand on a ses robes à retrousser... Je voudrais bien t'y voir.

— Et moi je voudrais bien me voir ailleurs que sur cette plage odieuse.

— Plaignez-vous !... C'est vous qui m'y avez presque amenée de force.

— Moi !

— Ne m'avez-vous pas répété d'un bout de l'année à l'autre : Cet été, nous irons à la mer.

— A la mer, oui... mais pas dans ce trou... Je voulais aller à Dieppe.

— Comme si vos moyens vous permettaient de frayer avec ce monde de cocottes et de... Je sais bien que c'est pour cela que vous...

— Tu vas encore me faire une scène... C'est pourtant bien assez du temps pour...

— Toujours des grossièretés !... Du reste, avec vous... Ah !...

— Qu'est-ce qu'il y a ?

— Il y a que j'ai glissé sur un galet et que j'ai failli me donner une entorse... Vous ne m'aide-riez seulement pas à me relever !

— Je tiens le petit.

— Lâchez-le, le petit...

Je vous laisse à penser dans quel état — phy-sique et moral — le couple qui a passé par ces péripéties de voyage peut arriver au casino. Et le pétrole fumait toujours... Et dans les angles, des groupes sont formés, qui chuchotent tout bas comme dans la chambre d'un malade. Et l'administration prodigue a ajouté aux trois jour-naux deux vieux numéros de la *Revue des Deux-*

Mondes, oubliés en 1875 par un baigneur, abonné
de ce recueil. Et vers neuf heures et demie, dans
l'obscurité, on entend soudain comme un bruit
de casseroles entrechoquées ou de chaudrons
traînés sur le pavé.

C'est une dame anglaise qui a ouvert le piano
et qui essaie d'y esquisser une polka de sa com-
position.

C'est le signal d'un sauve-qui-peut général.

Chacun regagne, sous le vent et l'averse, sa
chambre d'auberge, morne et suintante. Le
couple de tout à l'heure reprend la dispute au
point où elle avait été interrompue. Les lumières
s'éteignent avec chœur de bâillements éplorés;
car on s'endort en pensant qu'hélas! il faudra le
lendemain, sous prétexte de plaisir, recommencer
cette vie dont certainement des condamnés ne
voudraient pas.

Il y a toujours profit à flâner le long des quais.
Bien que les explorateurs soient sans cesse en

embuscade, on trouve encore des curiosités amusantes dans la boîte aux bouquins.

Ainsi j'ai fait la découverte d'un petit volume, assez vieux, ma foi, qui m'a paru réjouissant au possible.

C'est un guide de l'aspirant au diplôme de docteur ou médecin. Mais un guide qui n'a pas la prétention de vous instruire à la façon des manuels ordinaires.

Il ne prend aucun souci de la partie technique des examens. C'est une besogne qu'il laisse aux autres, à ceux du vieux jeu.

Lui ne renseigne les candidats que sur les tics et les manies de leurs futurs examinateurs.

Chaque professeur de la Faculté, susceptible de faire partie des jurys d'admission, est ainsi passé en revue et étudié au point de vue de ses habitudes d'interrogation, de son attitude à l'endroit des élèves.

On lit par exemple :

M. LE DOCTEUR X...

Brusquerie qu'on exaspère, si on lui parle des

ouvrages de ses confrères ; qu'on calme, au contraire, en faisant quelques habiles citations de ses œuvres.

Interroge uniquement sur les fonctions du cerveau et du cœur, deux organes sur lesquels il a publié trois volumes, dont on aura soin d'apprendre par cœur des fragments.

M. LE DOCTEUR Z...

A des prétentions à l'imposant.

Prenez l'air intimidé et il vous sera favorable, convaincu que c'est sa majesté qui vous trouble.

M. LE DOCTEUR W...

Fortement sourd, mais n'avoue pas.

Toute l'habileté du candidat consiste à parler à voix presque basse.

L'examinateur n'entendra pas un traître mot, mais ne voudra pas en convenir ; il dira en dodelinant la tête :

— Très bien, mon ami, très bien !

Moyen infaillible...

Que vous semble, sur cet échantillon, de l'ingéniosité de l'idée ?

On pourrait, si je ne m'abuse, confectionner des guides analogues à l'usage de toutes les professions.

Guide du néophyte littéraire qui va porter son premier article dans les journaux, avec aperçus sur le caractère de chaque rédacteur en chef et sur la façon de se le rendre favorable.

Guide de l'électeur qui veut obtenir une faveur de son député, avec considérations sur l'emploi de l'intimidation ou de la prière.

Guide de l'auteur qui présente une pièce, avec renseignements sur le tempérament de MM. les directeurs.

Guide de l'employé, avec notice sur les gros bonnets de la bureaucratie.

Et ainsi de suite.

D'où vient que le petit bouquin en face duquel le hasard m'a placé n'ait pas, lors de son apparition, fait plus de bruit en ce monde?

Habent sua fata libelli.

Vous savez que, modifiant l'ancien état de choses, une loi nous a dotés de la télégraphie pour tous. On n'est plus astreint à l'obligation des vingt mots réglementaires. On ne paye que ce que l'on a consommé.

Cette réforme, dont je ne méconnais pas l'utilité, m'avait bien paru devoir exercer sur les relations sociales une influence qui n'est pas précisément à l'avantage de l'urbanité.

Avec l'ancien tarif, les vingt mots laissaient encore assez de latitude pour qu'on pût ajouter à la communication sèche et précise quelque ornementation courtoise et affectueuse. Cela n'augmentait pas le prix. Pourquoi ne pas s'offrir un : Je t'embrasse, ou : Mille amitiés ?

C'était par-dessus le marché. Mais aujourd'hui, il n'en est plus de même. Pour cinquante centimes, on n'a que dix mots et le surplus se solde à part. Aussi les fioritures tendres ou simplement polies sont-elles le plus souvent mises au rancart.

On devient ainsi de plus en plus abréviatif, de plus en plus positif.

Rien que le nécessaire ; tant pis pour les épan-
chements : ils tiendraient de la place. Ni bonjour,
ni bonsoir ; le stricte énoncé d'une nouvelle ou
d'une communication quelconque. Le reste a été
sous-entendu d'abord, puis bientôt complètement
aboli, même d'intention.

Il ne faut pas se le dissimuler, l'avenir est à
la télégraphie, c'est-à-dire à la vie squelette.

Très certainement nos descendants assisteront
à une révolution dans le journalisme, qui, lui
aussi, élaguera tout le superflu. Nous sommes
en route pour ce joli avenir, grâce au reportage
qui prend de plus en plus la place de la littérature. Mais ce n'est qu'un prélude.

On verra plus tard éclore le *Journal-Dépêche*,
tout entier rédigé en style nègre. Ce sera le *nec
plus ultra*.

BULLETIN POLITIQUE

Cartes brouillées — Orient remis sur tapis —
Russie menace — Angleterre arme.

Pape malade — Quelles conséquences ? mort !
— Conflit possible — Point noir.

États-Unis guettent Mexique — Conquête prochaine — Europe rien à faire.

Politique intérieure calme — Discours président du conseil, succès — Circulaire ministère
élections — Promesses liberté entière — On
verra.

FAITS DIVERS

Vendredi quatre heures, femme écrasée tram-
way, rue Rivoli — Cinq heures, assassinat mari
femme — Flagrant délit, 16, boulevard Sébasto-
pol — Mari arrêté, amant blessé — Six heures,
vol Palais-Royal — Diamants trente mille francs,
Fontana — Voleur anglais, police cherche.

LIVRES

Roman Arsène Houssaye ; titre : *Péchés fémi-
nins* — Intéressant, se passe de nos jours — Esprit — Bien vendu.

Volume poésie Sully Prudhomme — Talent
— Sentiment — Édition bientôt épuisée.

THÉATRES

Odéon, drame Zola joué — Rideau huit heures

— Bataille — Argot bissé — Sifflets — Soufflets
—Acteurs médiocres — Scandale attirera monde.

Ce n'est qu'un aperçu des surprises charmantes
que nous tient en réserve un lendemain peut-
être plus prochain que nous ne le supposons
nous-mêmes.

On assure que c'est un progrès...

Beaucoup de gens, en toute sincérité et sans
parti pris hostile, se demandent à quoi sert l'Académie française.

Autrefois elle se donnait pour raison la cön-
fection de son dictionnaire. Mais ce dictionnaire
a paru. Il est même d'une médiocrité désolante
pour le docte corps qui l'a engendré si laborieu-
sement.

Et chacun de se poser plus que jamais cette
question :

— A quoi donc l'Académie peut-elle tra-
vailler ?

A un autre dictionnaire, parbleu! Tous les vingt ans on recommence.

Pour l'instant, c'est un dictionnaire soi-disant historique de notre langue qui est sur le chantier. Au train dont on y va, la fin de ce siècle n'est pas sûre de coïncider avec la fin de ce pénible ouvrage.

Ce qui en entrave surtout la marche, ce sont les discussions auxquelles on se livre à propos des termes que l'usage introduit chaque jour dans le langage familièrement fantaisiste.

Il s'est formé dans l'aréopage du quai Conti deux partis bien distincts.

D'un côté, les intransigeants, qui prétendent que le dictionnaire ne doit rien connaître de ce qui ne se trouve pas dans les classiques.

De l'autre, les accommodants, qui pousseraient volontiers la condescendance jusqu'à ouvrir toutes grandes les portes à l'argot.

Pour citer un exemple, une bataille générale s'est engagée sur le mot *chic*.

— C'est du jargon! criaient les uns.

— Il est tellement usité qu'il serait absurde de le proscrire, répondaient les autres.

— Est-ce que Racine s'en est jamais servi?

— Non, mais il a ses entrées dans les salons les plus aristocratiques.

— C'est de la profanation!

— C'est de la routine!

Finalement, le mot *chic* a triomphé, sur l'observation d'un membre qui a poussé cette botte sans riposte à ses adversaires :

— Y a-t-il dans la langue française un équivalent qui puisse traduire la même idée?

On a été forcé de reconnaître que non.

Mais si ces tournois se renouvellent fréquemment, nous ne sommes pas au bout.

*
* *

Nos académiciens, que la controverse met en belle humeur, se font d'ailleurs entre eux des charges d'atelier souvent fort drôles.

Un jour, — c'était du vivant de Littré, — précisément à la suite d'un débat de ce genre,

un de nos immortels en s'en allant prend le bras
de son savant collègue.

— Je sais, mon cher, que vous êtes, vous,
parmi les novateurs. Vous venez encore de le
prouver tout à l'heure ; mais, en conscience, vous
êtes quelquefois allé trop loin dans votre dictionnaire.

— Moi? fait en commençant à se troubler
M. Littré, qui possédait la naïveté d'un érudit
sincère.

— Oui. Ainsi j'avais envie depuis longtemps
de vous parler d'un terme que vous avez laissé
passer et qui...

— Lequel donc?

— C'est le mot *Guibolles*.

— Hein?

— Vous dites : « Guibolles — s'emploie familièrement pour jambes. — Jouer des guibolles.
Se sauver très vite. »

— Comment! j'ai mis cela?

— Je vous l'affirme.

— Je ne m'en souviens pas. Serait-ce mon
collaborateur Bonjean qui, à mon insu...

— Je l'ignore ; mais cela m'a surpris de votre part.

Ils se séparent là-dessus.

A la séance suivante, M. Littré aborde triomphant son collègue :

— J'en étais sûr, vous vous êtes trompé ; j'ai vérifié dans toutes les éditions grandes et petites, il n'y a pas de *Guibolles.*

— Parbleu !... mais c'était simplement pour vous rendre un peu plus circonspect dans nos discussions.

Et de rire.

Des écoliers, quoi !...

Notre curiosité est-elle indiscrète?

Nous voudrions bien savoir ce qu'on a fait de la loi qui défend de faire figurer les enfants dans les exercices des cirques?

Jamais l'enfance ne fut plus disloquée ni plus martyrisée que depuis le jour où elle a pu se croire placée sous la protection du Code. Ce n'est plus seulemeut dans les cirques, c'est aussi dans les cafés-concerts que de pauvres petits êtres sont livrés en spectacle à une curiosité aussi bête que cruelle.

D'où peut venir une tolérance que rien n'explique, que rien n'excuse?

Puisque malgré toutes les protestations, puisque malgré l'intervention d'une pénalité qu'on néglige d'appliquer, ce monstrueux abus continue à narguer la philanthropie contemporaine, il ne faut pas se lasser de rappeler énergiquement le *puero reverentia* dont on a si peu de souci.

Faire une loi pour le plaisir de la laisser violer impudemment, voilà qui est étrange, par ma foi! Non moins étrange, l'indifférence d'un temps qui a des sensibilités si raffinées pour tout ce qui concerne les bêtes, et qui montre une si coupable incurie quand il s'agit des gens.

On a réglementé la façon dont les veaux doivent être transportés pour ne pas éprouver en chemin des fatigues inutiles.

On a pris la science elle-même à partie lorsqu'elle pratiquait sur les lapins des opérations expérimentales.

Dans un bulletin de la Société protectrice des animaux on a pu lire une communication d'un correspondant demandant qu'on donnât à tous les pavés de Paris une forme réglementaire qui fût plus douce au pied des chevaux.

Loin de moi la pensée de critiquer ou de railler ces sollicitudes auxquelles je m'associe de grand cœur, ayant moi-même l'honneur d'être membre de cette Société protectrice des animaux, qui a déjà rendu de si grands et de si réels services.

Mais ce ne serait pas trop exiger, ce me semble, que de vouloir que les enfants ne fussent pas moins bien partagés que les quadrupèdes.

Platon définissait l'homme un animal à deux pieds, sans plumes. Va pour cette animalité, si elle peut valoir à notre pauvre espèce l'égalité devant la compassion.

En ce qui concerne spécialement l'exploitation honteuse à laquelle se livrent les acrobates et

les gymnastes, ce serait au public à faire bonne
et prompte justice.

Lorsque quelque grand dadais arrive en scène,
tenant en main de pauvres bébés qui s'en vont
grimper au plafond et courir mille risques de
mort pendant que leur montreur reste tranquillement à terre en les regardant d'un air satisfait,
il faudrait qu'une bonne explosion de sifflets
coupât court à un spectacle écœurant et avilis-
sant.

Puisque l'intervention officielle fait défaut,
puisque les décisions du Parlement sont tenues
pour non avenues, apprenons à faire nous-mêmes
notre police de propreté.

Je me rappellerai toute ma vie une chose
hideuse dont je fus témoin, il y a bien des
années.

Une malheureuse petite fille était pendue à un
trapèze, à quinze mètres de haut. Elle tombe, se
casse la cuisse et reste inanimée sur le sol. On
l'emporte. Le public crie pour avoir des nouvelles. L'exhibiteur, qui était, je crois, son oncle,
revient saluer.

Ah! le chenapan! comme on l'aurait bâtonné avec plaisir!

Attendra-t-on que quelque nouvel accident ensanglante une arène pour s'apercevoir de la barbarie dont on fait preuve en tolérant ces spéculations effrontées?

Et nous nous indignons, pendant ce temps-là, contre la cruauté des Espagnols, parce qu'ils trouvent plaisir à voir éventrer des taureaux!

Je vous recommande, comme récréation gratuite, si vous avez une demi-heure à perdre, une station à proximité d'un des télescopes de plein vent qui figurent sur quelques places de Paris, surtout si une comète nous honore de sa visite.

C'est là que se forment, chaque soir, les attroupements de badauds. C'est là aussi qu'on entend des dialogues dont la naïve drôlerie dépasse tout ce qu'imagina la verve de ce pauvre Henri Monnier.

Ils s'en donnent à niaiserie-que-veux-tu les

commentateurs de plein vent, dont un sténo-
graphe recueillerait, à peu près, en cette forme,
les propos interrompus :

— Moi, monsieur, ça ne m'étonne pas.

— Qu'est-ce qui ne vous étonne pas ?

— Qu'il y ait une comète.

— Oh ! ça ne vous étonne pas... maintenant
qu'elle est arrivée !

— Pas du tout.

— Vous n'allez peut-être pas prétendre que
vous êtes plus fort que les chimistes de l'Observatoire.

— C'est possible que ces messieurs con-
naissent leur métier... N'empêche pas que je le
disais encore à ma femme il y a quinze jours...
Elle serait là, elle pourrait vous le répéter... Je
lui disais : Virginie, voilà un temps qui n'est pas
naturel. Il se passe quelque chose d'extraordinaire. Le ciel est trop capricieux.

— Les comètes, ça n'a rien à voir avec le
temps.

— Vous contez ça, vous... Qu'est-ce que vous
en savez?

— Et vous ?

— Ce sont des boules de feu, n'est-ce pas ? qui roulent dans l'air. Il n'y a rien d'étonnant à ce qu'elles dégagent de la chaleur.

— Et si elles venaient en hiver ?

— Eh bien !

— Oui, est-ce que vous croyez qu'elles empêcheraient de geler ?

— Je ne veux pas vous *ostiner*. Mais avec tout ça, on ne s'est jamais expliqué au juste à quoi que ça servait, ces machines-là.

— Moi, j'ai mon idée.

— Laquelle ?

— Vous vous moquerez peut-être encore.

— Je ne me moque pas... On peut bien discuter sans se moquer... C'est la liberté des idées.

— Je suis libre par conséquent d'avoir la mienne.

— On la dit, alors.

— Eh bien ! pour moi, ce qu'ils appellent des comètes, c'est des étoiles qui se sont décrochées et qui se promènent.

— Qu'est-ce qui les soutient alors, si elles sont décrochées?

— Je ne suis pas un savant pour tirer les plans de tous ces problèmes-là. Mais suffit.

— Il paraît que si elle nous touchait du bout de sa queue, nous serions frais.

— Des bêtises.

— Je l'ai lu dans le journal.

— Pourquoi est-ce que ce ne serait jamais ainsi, alors?

— Ça l'est peut-être... Ce qu'ils appellent leur déluge...

— Le déluge, ce n'était pas du feu. C'était de l'eau.

— Peuh!... A ce qu'on raconte. Est-ce qu'ils y étaient? L'imprimerie n'était pas inventée.

— Avec tout ça, le ciel reste couvert, et nous en serons pour nos frais. Nous ne la verrons pas ce soir.

— On n'a toujours pas perdu son temps, lorsqu'on a eu l'avantage de causer avec quelqu'un qui comprend les choses.

— Vous êtes bien honnête.

— Est-ce qu'on vous verra demain ?

— A la même heure, s'il fait beau.

(Les causeurs se séparent, remplacés par d'autres.)

Toujours des mariages de théâtre.

On en annonçait dernièrement deux ou trois.

Est-ce donc une dépopulation générale qui menace nos scènes en tout genre ?

Entre l'arbre et l'écorce, il n'y a pas à mettre le doigt. Cependant ici l'intérêt du public est en jeu. Nous n'avons déjà pas trop d'actrices, sachant à peu près tenir un rôle. Si la vie privée nous les prend, il y aura véritable disette.

Si encore, le public étant frustré, on devait dire : Tant pis pour lui ! sans être forcé d'ajouter : Tant pis pour elles !

Mais les unions de théâtre — il n'y a pas de règle sans exception — causent le plus souvent bien des déboires en partie double.

Il y a un bien joli mot de Mlle Mars à propos

6

d'une comédienne de son temps qui, après avoir mené une vie plus que légère, fit soudain annoncer qu'elle se mariait :

— Tiens ! tiens ! fit Mlle Mars ; après avoir si longtemps trompé un seul avec tout le monde, elle va maintenant tromper tout le monde avec un seul !

Il y a, en effet, comme une désertion dans ces unions contre lesquelles on maugrée, malgré soi, quand celle qui déserte a du talent.

Une artiste, devenue femme du monde de par l'hymen, disait un jour :

— Je suis deux fois malheureuse. On ne me regrette pas et je me regrette.

A méditer.

Il m'est arrivé, avec d'autres livres, un recueil de poésies auquel un naturaliste des plus effrénés a adjoint une préface de son cru.

J'ai eu la patience de faire un petit bouquet

des excentricités et biscornuités de style dont
cette préface se pare.

J'y ai trouvé, entre autres cocasseries de parti
pris, ces formules :

De bouleversants fantoches,

Les hantises implacables du spleen,

Un rancœur moderne,

Une façon d'entailler la pierre,

Un vers qui tordionne, s'émaille et se rosèle,

Un arome de nervosine,

Des beautés qui sèchent au bout des estompes,
ou qui se liquéfient dans le creux des godets,

Des tubulures d'étoffes,

Des odeurs qui turbulent,

Des rades couleur de maïs dodelinent le croissant bariolé des jonques sur le frisson de leurs
eaux,

Une lune rouge qui écornifle le vol des cigo-
gnes,

Des lèvres éclaboussées de laque,

Un doux à fleur de peau d'émailleuse...

Et par là-dessus l'auteur reproche à son poète
quelques emberlificotis de phrases !...

N'est-ce pas le comble des combles ?... Ah ! qu'on nous ramène aux *Précieuses ridicules !* Ce sont des clartés et des simplicités sans pareilles, comparées aux documents humains du naturaliste susdit.

————

Je viens de lire un très curieux rapport publié par le laboratoire municipal chargé d'inventorier les falsifications dont nous sommes les victimes inconscientes, et je vous assure que c'est véritablement terrifiant.

Comment notre estomac peut-il soutenir de pareils assauts, le malheureux !

Le rapport du laboratoire municipal n'a pas à l'expliquer, et il se contente de soumettre à l'appréciation des intoxiqués le résultat d'un semestre d'observations. Qu'on ne me parle plus de Mithridate ! Nous l'avons dépassé depuis longtemps, nous tous, les Mithridate sans le savoir !

Vous croyez boire du vin, par exemple?

Le rapport du laboratoire municipal vous apprendra que, sous ce nom de guerre, vous avalez de l'acide sulfurique, de l'acide salycilique, de l'arsenic, de l'acétate de plomb, de la cochenille, voire même de la glycérine, qu'on n'avait appréciée jusqu'ici que pour l'usage externe.

Vous croyez boire de la bière, candide produit du houblon? Vous vous ingurgitez de la coque du Levant, de la noix vomique, de la strychnine, du fiel de bœuf, de l'acide picrique, du cubèbe!

C'en serait assez déjà pour envoyer dans l'autre monde de robustes gaillards. Mais les aliments vous ménagent d'autres surprises désagréables.

Toujours d'après le rapport, dont les constatations officielles ne peuvent être révoquées en doute, remarquez-le bien, ce que vous prenez pour du chocolat dans certaines maisons sans vergogne n'est qu'un hideux composé, dans lequel les huiles végétales, la graisse de veau et le suif jouent le principal rôle. Un rôle de traître!

Vous adorez les confitures? Malheur à vous si

6.

vous n'avez pas la précaution de les faire vous-
mêmes! Ce que vous prenez pour de la confiture
d'abricots n'est qu'une macération de potiron, à
laquelle on donne l'arome demandé à l'aide
d'une essence. Dans la confiture de groseilles, la
gélatine colorée avec des sels de cuivre ou de
plomb dupe votre palais, grâce à l'intervention
d'une autre essence à la complicité perfide.

Le café se confectionne avec du maïs grillé,
pulvérisé et mis dans des moules.

Le vinaigre, c'est de l'acide sulfurique. Le lait,
c'est du plâtre délayé. La farine est, vingt fois
sur trente, avariée ou falsifiée. Le pain, nuisible
quatre fois sur douze. Le beurre, frelaté cinquante fois sur soixante.

Pour blanchir ces jolies galettes de gruau dont
vous vous régalez au restaurant, on y fourre des
métaux toxiques. Dans les conserves de légumes,
sur trente-cinq échantillons examinés, douze
contenaient des sels de plomb ou de cuivre.

Et le reste est à l'avenant.

C'est l'indulgence ridicule de la législation qui
a jusqu'ici encouragé et propagé le mal. Les bé-

néfices sont si considérables et les risques si minces, que les fraudeurs n'hésitent pas. Ces tolérances sont absurdes et scandaleuses.

Essayez d'administrer une dose de poison, si minime qu'elle soit, à une seule personne, et vous passerez devant la cour d'assises, qui vous enverra à la *Nouvelle* méditer sur le respect qu'on doit à la vie humaine. Mais empoisonnez en grand, travaillez sur toute une population : vous ne vous exposerez qu'à une légère amende ; tout au plus — en abusant de la récidive — à quelques jours de prison. Est-ce logique ? est-ce équitable ?

Tant qu'on ne se décidera pas à se placer à ce point de vue, qui est le véritable, tant qu'on n'aura pas fait endosser la casaque du forçat à un certain nombre des coquins qui se font de jolies rentes en tuant avec impunité, sous prétexte de commerce intelligent, tous les rapports de tous les laboratoires ne serviront qu'à effrayer le pauvre monde sans le préserver.

Ils me font l'effet de ces gens qui viennent annoncer à un monsieur plein de confiance dans la fidélité de son épouse que cette épouse le trompe indignement. Encore le monsieur a-t-il la ressource de se séparer, tandis que nous ne pouvons pas nous abstenir de manger et de boire.

*
* *

Et que serait-ce, si nous passions en revue les falsifications morales après les falsifications matérielles? Elles nous enveloppent de tous côtés, elles nous cernent, elles nous traquent. Faux dévouements, faux sourires, faux engagements, fausses nouvelles...

La fausse nouvelle notamment est cultivée, depuis quelque temps, avec une passion qui tourne à la monomanie. Cela ne rime à rien, cela sera démenti le lendemain, c'est de l'infamie sans résultat. N'importe! Il est des gens pour qui ce genre de récréation a des charmes spéciaux.

Tous les jours, s'ils ne faisaient bonne garde, les journaux seraient induits en calomnie par une bande de plaisantins sinistres qui prennent pour joujou l'honneur des familles.

De temps en temps, on ouvre des enquêtes. Naturellement, elles n'aboutissent pas. C'est la destinée des enquêtes à notre époque.

Encore un chapitre sur lequel la loi a des bienveillances et des atténuations inexplicables !

———

Castigat ridendo est la devise ambitieuse en son apparente modestie qu'a adoptée le théâtre.

Corriger en riant... Les deux choses sont aussi difficiles à réaliser l'une que l'autre. Le rire ! Vous savez avec quelle parcimonie il est mesuré dans les œuvres contemporaines.

Se guinder dans le sérieux est un travers à la mode. Nos auteurs s'imaginent volontiers qu'amuser, c'est déchoir. Ou bien on tombe dans les grimaces et les cascades qui provoquent la contorsion nerveuse, sans amener la véritable gaieté.

Le théâtre tient donc fort mal, en général, la

promesse contenue dans le *ridendo* des anciens. Mais il tient l'autre encore plus mal.

Rappelez-vous ce qui advint lors de la représentation de la fameuse *Famille Benoîton*.

M. Sardou s'était appliqué à stigmatiser un travers nouveau et à clouer au pilori la mode choquante qu'avaient adoptée certaines demoiselles du monde, semblables à la princesse de la légende, si belle, si séduisante, mais de la bouche de laquelle sortaient de hideux crapauds.

Les crapauds, c'étaient les termes d'argot dont on commençait à panacher les dialogues de salon.

Évidemment l'auteur s'était imaginé qu'il dégoûterait de cette laide habitude, en la ridiculisant. Pas du tout. La *Famille Benoîton* servit simplement à mettre au courant de l'habitude nouvelle celles qui l'ignoraient, à leur révéler des expressions inconnues qu'elles se hâtèrent d'adopter et qui firent promptement leur chemin dans le monde.

De même, quand M. Dumas écrivit le *Demi-*

Monde, il eut la très louable ambition de faire besogne moralisatrice. Le titre qu'il avait choisi avait lui-même une ironie vengeresse. Or, voyez comment tournent les choses : non seulement personne ne s'est repenti, mais encore celles qu'on voulait satiriser en sont venues à se parer, comme d'un titre de noblesse galante, du sobriquet imaginé par la comédie.

N'a-t-on pas, en effet, inauguré un beau jour des réunions chorégraphiques arborant avec un air de fierté, presque de défi, cette enseigne : « Bal des demi-mondaines ! »

C'est un *de ta suite, j'en suis,* jeté avec une audacieuse crânerie.

Voilà tout le progrès obtenu dans le sens de la purification. Les aimables pécheresses semblant dire à M. Dumas :

— Vous savez ! bien obligées... Vous nous avez fourni un mot de ralliement qui nous plaît fort.

Quand je te disais, mon vieux *Castigat ridendo,* que tu es un radoteur !

Il paraît qu'un groupe de littérateurs (vous êtes orfèvres, messieurs Josse!) a cru devoir adresser à la Chambre une requête pour demander que la constitution, — non pas la constitution de la France, — que la constitution de l'Académie française soit modifiée.

Les pétitionnaires voudraient que le nombre des académiciens fût porté à soixante. Les vingt nouveaux membres seraient élus au suffrage universel par les sociétés littéraires et savantes.

Telle serait l'économie d'un projet qui ne nous séduit pas autrement, d'ailleurs, et devant lequel se dressent d'innombrables objections.

Pourquoi, d'abord, s'adresser à la Chambre? La réforme sollicitée est-elle bien de sa compétence?

Soit dit sans offenser les honorables qui siègent au bout du pont de la Concorde, ce n'est pas précisément comme lettrés qu'ils ont été élus. On n'en trouverait qu'un bien petit nombre pour donner, en pareille matière, un avis éclairé.

Et, d'ailleurs, c'est bien plutôt au pouvoir exécutif que l'initiative devrait revenir pour cette révolution au petit pied. Elle ne nous paraît, en outre, pas fort ingénieuse, cette combinaison qui réunirait, dans une assemblée, des membres d'origine différente. On l'a expérimentée au Sénat. A-t-on eu lieu de s'en féliciter ?

Pourquoi créer deux catégories d'académiciens, les uns recrutés à la manière des inamovibles, les autres sortant d'une élection plus large ? Ce serait établir des antagonismes parfaitement saugrenus, susciter des rivalités sans profit et non sans péril.

Je ne m'explique pas non plus le recrutement des électeurs par les sociétés littéraires et savantes. Il est des gens d'un talent incontestable et qui comptent notoirement dans les lettres ou dans les sciences sans vouloir entrer dans aucune association. Pourquoi les mettre de côté et en vertu de quel droit ?

L'Académie française n'est point une institution qui me charme, mais il faut qu'elle reste ce qu'elle est ou qu'elle disparaisse complètement.

Établissez, si vous voulez, à côté d'elle une concurrence libre. Vous aurez à voir dans quelles

7

conditions et si la chose en vaut la peine ; mais ne faites pas de ces gamelles absurdes.

L'Académie française vit autant par ses préjugés que par ses qualités — si elle en a. C'est une curiosité, une antiquité, un bibelot de l'étagère sociale.

Sa base même est le privilège aristocratique. La vouloir démocratiser est un contresens énorme, inutile, délirant.

Et puis... faut-il que je dise tout ce que je pense ?... Et puis ces prétendues élections au suffrage universel ou restreint ne signifieraient encore rien, au point de vue du renom littéraire.

Il n'y a qu'un vrai juge compétent dans son incompétence : c'est le public.

Lui seul fait les gloires durables.

Vous aurez beau bombarder tel ou tel, au nom d'une coterie, au nom d'une école, si le public ne ratifie pas, rien de fait.

Ce qu'il y a d'étonnant enfin, dans la pétition signalée, c'est que le mot d'ordre de tous les jeunes fut toujours : A bas l'Académie.

Or, si l'Académie est une plaie, voilà une

singulière façon de procéder que de chercher à
l'étendre !

Billevesées et chimères.

———

Cham me disait un jour, avec ce flegme imperturbable qui donnait tant d'élan à ses ironies :

— Mon cher ami, croyez-moi, les vrais sages
en ce monde, ce sont les caricaturistes. Il n'y a
qu'eux qui voient juste.

Cette affirmation, qui n'est pas absolument
flatteuse pour l'amour-propre des hommes, me
revenait en mémoire, quand, en feuilletant au
hasard la collection du *Charivari*, mon regard
tomba sur une caricature du célèbre fantaisiste.
Cette caricature représentait des courses de nuit.
A la tête de chaque cheval, une lanterne; sur la
tête de chaque jockey, un fanal. Puis, dans l'en-
ceinte du pesage, chaque assistant tenant une
bougie à la main.

Le dessin était d'une irrésistible drôlerie. Au-
dessous, cette légende :

« Où l'on en viendra avec la passion des courses. »

Devant cette prophétie dessinée, je me suis, comme je vous le disais, rappelé cette parole de Cham :

« Il n'y a que les caricaturistes qui voient juste. »

Il aurait même pu dire : « qui prévoient, » car sa boutade est en train de prendre des airs de prophétie réalisée. Nous n'en sommes pas encore, il est vrai, aux courses de nuit, préventivement illustrées par son crayon humoristique ; mais nous voilà sur la pente, car on a inauguré déjà les courses du matin.

Il est curieux de suivre la rapidité vertigineuse de la progression.

Il n'y a pas plus de vingt ans, Paris ne connaissait que les courses dominicales. Encore semblaient-elles excessives pour les besoins de la consommation et y avait-il chômage pendant trois ou quatre mois de l'année. Ajoutons que les suburbains, comme dit l'argot spécial, ne faisaient que de très maigres dimanches et qu'il n'y avait de vraies recettes que pour le Bois. Puis on a commencé à empiéter sur le jeudi. Quelques réunions ont tâté le terrain de ci, de là; puis on a goûté du lundi ; puis tous les jours se sont trouvés occupés. Et voilà maintenant qu'on en est au régime des deux courses par jour.

* * *

Ce qui étonne, par exemple, et très profondément, c'est de penser qu'il puisse y avoir une population d'oisifs assez considérable pour fournir un public à ces réunions, ainsi accumulées les unes sur les autres. Tant de gens vivent-ils donc de leurs rentes?

C'est la première conclusion qu'on est porté à tirer. Ne vous y trompez pas : elle est fausse. Le sport, en effet, est devenu pour la plupart une véritable profession. Le pari est un métier comme un autre. Plus périlleux qu'un autre peut-être, mais plus lucratif aussi, quand la chance donne.

Or, vous savez qu'un bon joueur est capable de rester vingt-quatre heures de suite devant le tapis vert du Cercle. Il n'y a pas de raison pour qu'il n'en soit pas de même au tapis vert des courses.

Reste à savoir si la propagation de ces mœurs agiotantes peut contribuer puissamment à former l'esprit et à élever le cœur d'une nation.

Ceci est une autre question, à laquelle je vous laisse le soin de répondre.

On a longuement discuté sur l'une des questions sociales qui sont le désespoir des jurisconsultes et des philosophes, sur la recherche de la paternité.

Qu'il y ait des oublis du devoir devant lesquels la conscience se révolte, c'est malheureusement incontestable. C'est non moins malheureusement inévitable.

Mais, comme dit un proverbe impossible à réfuter : « Qui n'entend qu'une cloche n'entend qu'un son. »

La cloche tinte poétiquement, pour le quart

d'heure, en faveur des demoiselles abandonnées et des petits êtres délaissés.

Il faudrait peut-être, avant de prendre parti trop hâtivement, prêter l'oreille au tintement d'en face.

Les gens qui ont fait le code que l'Europe nous a presque entièrement emprunté étaient à la fois des hommes de sens et des hommes de cœur. S'ils se sont prononcés aussi catégoriquement contre la recherche de la paternité, ils ont bien eu leurs petites raisons pour cela.

On devrait, tout au moins, se demander quelles ont pu être ces raisons-là.

C'est ce que les affirmateurs de la doctrine contraire ne se donnent même pas la peine de faire. Ils lancent leur *delenda Carthago* avec un imperturbable aplomb, qui se sent soutenu par un mouvement d'opinion qu'on ne saurait nier.

Mais, en vérité, si l'on recherchait sincèrement ce que les mœurs gagneront à l'adoption des responsabilités obligatoires et marquées en chiffres connus, je ne crois pas que la réponse serait aussi édifiante que les déclamateurs semblent le croire.

Imposer, par exemple, des pénalités pécuniaires aux séducteurs, cela paraît pratique et excellent.

Cependant, outre qu'il est parfois assez difficile d'établir de quel côté est venue la séduction, il est un côté de ces rétributions vengeresses qui me rend assez perplexe.

En créant des tarifs, n'arrivera-t-on pas à pousser les vertus dans la voie des capitulations trop faciles et trop peu désintéressées?

Il est un rapprochement sur lequel on ne saurait trop insister, car il porte avec lui son enseignement décisif.

Je suppose la loi qui autorise la recherche de la paternité réprimant par des dommages-intérêts expiatoires le préjudice causé à l'innocence.

Prenons maintenant deux jeunes filles, dans un village :

La première est un irréprochable modèle de pureté. A ce point irréprochable, qu'elle est choisie par le jury local comme rosière à couronner.

Soit une somme de mille francs que lui versera la libéralité municipale.

Dans la même commune, une autre jeunesse, comme dit l'argot des paysans, a grandi à côté de celle dont nous venons de parler.

Cette autre jeunesse, soit par faiblesse de caractère, soit par manque de surveillance, soit pour tel motif que vous voudrez, commet une faute. Elle se laisse enlever par le fils du châtelain de l'endroit, lequel, après un certain temps, l'abandonne.

Elle entame un procès.

Elle le gagne.

Résultat : une indemnité de vingt-cinq mille francs.

Rapprochez les chiffres à présent.

Pour la chasteté sans peur et sans reproche, mille francs.

Pour... le contraire, vingt-cinq fois plus.

Pensez-vous que cette proportion soit de na-

ture à décroître beaucoup la marche des irrépro-
chables, à élever beaucoup le niveau de la moralité ?

Est-il sain d'établir que le mal rapportera plus
que le bien ? N'est-ce pas induire en tentation
toutes celles qui seraient hésitantes ?

En somme, c'est la fondation de primes pour
l'encouragement à la défaillance.

Il y a lieu de réfléchir, si je ne m'abuse.

Il n'y a pas que les chemins de fer qui cultivent
le billet d'aller et retour, les arts le pratiquent
aussi.

Pour peu que vous teniez à vous en convaincre,
allez-vous-en, fin mars, aux Champs-Élysées, et
regardez.

Par une porte d'entrée du palais de l'Industrie,
vous verrez sortir des tableaux diversement por-
tés. Hélas! trois fois hélas! c'est le défilé lugubre
des refusés, qui ont reçu de l'administration cet
avis qui s'efforce d'avoir l'air paternel :

« Monsieur,

« Vous êtes invité à vouloir bien faire retirer sans retard les œuvres que vous avez soumises à l'examen du jury pour le Salon. »

La sommation est à bref délai. Il faut bien s'exécuter.

En général, la chose se fait par intermédiaire médaillé. Le commissionnaire n'a pas d'émotion, lui. Il conduit ces funérailles du pinceau sans sourciller. Mais il est des artistes qui tiennent à opérer eux-mêmes.

Les uns, de peur qu'on ne détériore la toile à laquelle ils persistent à attacher quelque prix. Ceux-là procèdent discrètement, à l'heure la plus matinale. Ils ont amené un fiacre aux stores mystérieusement baissés. Une ! deux ! le temps de traverser prestement la chaussée, et ils s'enfouissent, homme et colis, dans le véhicule protecteur.

Les autres, au contraire, y mettent de l'ostentation.

Ce sont les tanfarons du refus : ils se parent de
ce verdict qui les frappe — iniquement, cela va
sans dire. Ils arrivent en voiture découverte, tout
ce qu'il y a de plus découverte.

Ils s'acheminent, le chapeau sur l'oreille, vers
la salle où l'on a empilé les condamnés; ils
tendent, narquois, la lettre d'avis et passent
triomphalement, pendant que le gardien cherche
le corps du délit, une main fiévreuse sur leur
moustache en broussaille. Puis, lorsque la pièce
de conviction leur a été remise, il faut voir de
quel pas ils regagnent la victoria choisie avec
préméditation.

Ça y est! Maintenant, cocher, en route! Et
passons par les boulevards, s'il vous plaît!

J'en ai rencontré un, certain matin, de ces
refusés, à qui s'applique le vers de Racine :

> Son malheur n'avait point abattu sa fierté.

Il l'avait surexcitée, au contraire.

Campé sur la banquette, la main sculpturale-
ment arc-boutée sur le genou, il vous toisait les
passants d'un œil qui semblait dire :

— Eh bien! oui, je suis un refusé! Et je m'en fais gloire... Eh bien! oui, c'est le tableau que ces crétins du jury ont honoré de leur persécution.

J'en étais sûr d'avance. Cependant, il y a des heures où l'on est prêt à douter de soi...

C'est dans une de ces heures-là que je me suis décidé à leur envoyer un chef-d'œuvre qu'ils étaient incapables de comprendre. S'ils l'avaient reçu, c'est que j'aurais baissé. Me voilà rassuré. Je me tiens sur les mêmes sommets inaccessibles.

Eh bien! oui, monsieur le bourgeois, qui me contemplez d'un air tout plein bête, je reviens avec mon paysage intentionniste. Le présent me méconnaît. Donc, l'avenir est à moi.

Ils m'ont refusé comme ils refusèrent jadis Delacroix, que récemment tous les journaux, à propos de la *Barque de don Juan*, ont appelé le plus grand peintre du xixᵉ siècle.

Moi aussi, on m'appellera le plus grand paysagiste de mon temps !... Rira bien qui rira le dernier, monsieur le bourgeois! Mais pas de concessions!

Je suis tout d'une pièce, moi!...

Là-bas, sur la montagne La Rochefoucauld, mes amis m'attendent pour me faire une ovation. J'étais perdu de réputation aux yeux de toute l'École intentionniste, si j'avais été reçu.

Le ciel m'a épargné cet affront... Cette défaite est ma plus belle victoire, tas de philistins qui ricanez sur mon passage!...

Ainsi parlait le regard du martyr ragaillardi que j'ai rencontré ce matin-là.

Le tout, vous le voyez, c'est de savoir prendre les choses du bon côté, en ce bas monde.

**
* **

Thérésa, au temps de sa gloire, chantait, avec un succès spécial, une chansonnette dont le refrain disait : « C'est pour l'enfant. »

Il s'agissait d'une nourrice qui, sous ce prétexte, pratiquait le rançonnement à outrance et se gobergeait dans les grands prix.

Je me demande s'il n'y aurait pas un dessous de cartes analogue dans la mode inattendue dont vous avez sans doute vu circuler les échantillons à travers Paris. Mode qui consiste à orner d'un bracelet la patte droite des caniches.

On sait que le caniche noir est devenu le joujou préféré de nos demi-mondaines. Presque une enseigne à quatre pattes.

Le bracelet en question pourrait bien être un ingénieux prétexte à carottage.

« C'est pour le chien, » ferait ainsi pendant au « C'est pour l'enfant » d'autrefois.

Procédé fort commode à expliquer :

— Le caniche d'Adèle a un bracelet orné d'un diamant superbe.

— Comment ! un diamant à un...

— Oui, mon ami, et j'en veux un pareil pour Moustache.

— Mais...

— Il n'y pas de mais.

Et force sera au protecteur galant de s'exécuter. Autant de pris sur l'ennemi. On retrouvera tous ces bijoux-là plus tard à l'Hôtel des ventes.

Serait-ce pour cela que ces braves caniches semblent passablement gênés et humiliés de l'étrange parure qu'on leur impose ? Comprendraient-ils quel rôle on leur fait jouer ?

J'en observais un au Bois. Il marchait en avant, suivi par sa propriétaire, une petite dame, et par le monsieur qui évidemment avait payé le bracelet. A chaque instant, la bête s'arrêtait, regardait sa patte, se retournait vers ses maîtres.

Je vous assure que cette série de coups d'œil semblait dire :

— Pas possible ! Ce n'est pas pour moi qu'on a acheté ça. Elle me le reprendra un de ces matins pour le porter au mont-de-piété... Et cet autre imbécile qui a donné ses 500 francs pour m'affubler ainsi ! Décidément les hommes sont encore plus tondus que nous.

Je vous donne ma parole que tout ce monologue muet était dans le regard du chien.

————

Je suis sous le coup d'une lecture qui m'a plongé dans un effarement... Cette lecture, c'est

le livre d'un médecin sur le tabac, « le plus vio-
lent des poisons, » dit le titre.

L'apepsie, la bradypepsie et la dyspepsie ne
sont qu'un des moindres dangers auxquels nous
sommes exposés, à en croire ce réquisitoire terrible.

Il paraît que le tabac a commencé à nous enlever un roi de France.

Catherine de Médicis aurait empoisonné François II en le traitant avec ce remède.

Assez drôle tout de même, le rapprochement.
Ce toxique ayant pour marraine une empoison-
neuse avérée.

Après ce début, les énumérations terribles com-
mencent. Détail peu rassurant, le livre raconte à
quels maux sont exposés les ouvriers de la Manufacture qui manipulent le tabac.

« Pour les ouvriers qui débutent dans la fabri-
que, la première impression a toujours quelque
chose de plus ou moins pénible ; et ils ont tous,
ou presque tous, une certaine difficulté à s'y habi-
tuer ; beaucoup même ne peuvent s'y faire et sont
obligés de quitter la manufacture. Nous avons su

que, sur cinq qui y étaient entrés vers le temps
de l'une de nos visites, un seul avait pu y rester.
Ils éprouvent, en général, une céphalalgie plus
ou moins intense, accompagnée de mal de cœur
et de nausées ; ils perdent l'appétit et le sommeil ;
souvent il s'y joint. . . . . »

Je supprime des détails qui rappellent de trop
près M. Purgon.

Et maintenant, messieurs nos organes, écoutez
ceci : œil, apprends que le tabac peut détruire la
vue ; nez, qu'il peut détruire l'odorat.

A ton tour, estomac :

Le tabac émousse le goût, produit le cancer. Il
paraît même — avis aux coquets — qu'il donne
aux fumeurs un teint blafard (*sic*). Je dois avouer
ici que j'ai connu pas mal de fumeurs d'un aspect
fort rubicond. Est-ce que par hasard ils se met-
taient du rouge ?

Appareil respiratoire, voici qui te regarde :

Le tabac affecte le larynx, donne des bronchites
et des catarrhes pulmonaires, flétrit le poumon
et cause l'asthme.

Mais je rencontre deux assertions voisines qui

me font rêver. Un des chapitres du livre est intitulé : *Ce qui cause la maigreur des fumeurs.* Le suivant : *Le tabac entrave les fonctions de la calorification, et l'imperfection de la calorification cause l'obésité.* Cela ne rappelle-t-il pas ce remède du charlatan qui servait à conserver les dents et à cirer les bottes ?

Avez-vous peur d'être obèse ? On vous effraye en vous disant que le tabac engraisse.

Redoutez-vous la maigreur ? On vous épouvante en vous disant que le tabac rend étique.

C'est un peu bien fantaisiste.

Je passe sur les lésions du cœur, les anévrismes, les affections des reins, etc , et j'arrive à un chapitre tout à fait spécial, où il est démontré que le tabac change les rapports sociaux.

Le livre affirme, mesdames, que vous avez en lui un concurrent terrible. Plus de galanterie, plus de courtoisie. Ah I il en fait bien d'autres !

« Le tabac détourne l'homme du sentiment de

la famille ; il le rend égoïste et cruel. » Et à l'appui de cette affirmation, l'auteur ajoute: « Eliçabide, dégradé par le tabac, tue toute sa famille. »

Cet Eliçabide, appelé l'assassin de la Villette, est une des célébrités criminelles de notre temps. Mais franchement, ô fumeurs ! avez-vous jamais senti ces velléités de meurtre qu'on vous impute?

Pour un fumeur qui tue, combien y en a-t-il que la vue du sang révolte? Que de braves pères de famille brûlent leur petit cigare après dîner! Les trois quarts de la population masculine ayant pris l'habitude de fumer, il est évident que dans ces trois quarts il y a plus de défauts que dans un seul quart. Mais c'est une simple question de proportion, et à force de trop vouloir prouver, on finit par ne plus rien prouver du tout.

C'est comme pour les épidémies.

Le livre donne des statistiques terrifiantes.

« En 1832, le choléra parut pour la première fois en France. Il sévit sur nos populations consternées, sous ses formes les plus destructives, et ne nous enleva que 79,585 habitants, pendant plus de trois ans qu'il parcourut le pays. Alors l'usage du tabac était encore très restreint chez nous ; il ne faisait que commencer son essor.

« En 1849, la Régie ne savait déjà plus que faire des millions que lui rapportait l'herbe de Nicot, tant elle en encaissait. Et, le choléra survenant, assez bénin dans ses symptômes, trouva des populations moins effrayées à son aspect ; et la science, moins prise au dépourvu, était plus habile à le combattre. Et pourtant, à cette seconde visite, il nous emporta 110,100 existences dans moins d'une année.

« En 1854, il reparut encore; et comme la consommation du tabac montait, montait toujours, le choléra coucha, cette année, 160,000 morts dans nos sépultures !

« Les ravages de l'épidémie ont donc toujours été croissants, proportionnellement à la consommation du tabac. »

Le choléra est revenu en 1865, époque à laquelle on fumait encore beaucoup plus, et il a fait moitié moins de victimes.

Donc...

Le réquisitoire conclut en imputant au tabac la

dégénération de la France, voire même ses dé-
faites. Comment expliquer alors que ceux qui ont
remporté des victoires soient des fumeurs encore
plus acharnés que nous ?

L'État, qui empoche l'argent des fumeurs,
devrait répondre à de telles attaques et ne passe
laisser accuser, sans mot dire, d'un assassinat
collectif et perpétuel.

Une métamorphose parisienne.

Vous connaissez le muséum du Jardin des
Plantes avec ses couloirs intérieurs, ses esca-
liers vermoulus, ses salles humides, étroites.

C'est hideux et parfaitement indigne d'une
grande capitale.

Les malheureux fœtus croupissaient là dans
des bocaux sinistres. Les armoires moisissaient;
un sombre ennui suintait de ces murailles lé-
zardées.

Il y avait pourtant là des curiosités sans ri-
vales. Tout un monde d'enfants à trois jambes,

de monstres bicéphales, d'êtres macabres. Sans parler des collections précieuses.

Mais à peine y voyait-on clair pour visiter ces étrangetés.

Enfin on s'est décidé à leur faire la politesse d'une installation décente. Un grand bâtiment a été construit au bout des parterres du Jardin.

Il n'est pas sans reproche, ce grand bâtiment. Tant s'en faut. On l'a notamment défiguré à l'aide d'une grosse commère, assise dans un fauteuil d'infirmerie, dont les genoux hypertrophiés étayent un livre de pierre.

Probablement la Science. Sapristi ! elle est alors presque aussi laide que les savants.

Quoi qu'il en soit, si ce n'est pas superbe d'architecture, on y a gagné de la place et l'on a pu procéder à la translation dans ces salles neuves, claires, aérées, du muséum si petitement logé.

Ah ! le drôle de déménagement que cela a dû faire !

Voyez-vous d'ici le trimbalement de tous ces empaillés, de tous ces monstres à l'eau-de-vie, de toutes ces difformités en conserve! Il devait être véritablement extraordinaire, ce défilé des avortons grimaçants, des demoiselles soudées par le dos, des jumeaux à œil de cyclope !

Mettez un clair de lune sur cette promenade; grandissez les proportions des bouteilles d'alcool dans lesquelles infusent ces ratés de l'espèce humaine, et vous aurez une scène d'un fantastique formidable.

Mais, comme toujours le comique touche au terrible, cela me fait songer à un des plus amusants récits d'Alfred Arago : *Le dimanche du Modèle.*

Il pleut. On avait projeté une partie de campagne. Impossible. La mère est attristée. Les enfants se désolent. Le père cherche que faire.

Soudain il a une inspiration.

— Je vais les mener au Muséum... Ils ont là un grand-père qui est squelette !...

*
* *

Tandis que nous sommes dans ce coin de

Paris, jetons un regard sur l'étrange colonie qui lui donne une physionomie si baroque.

O Léopold Robert ! si tu vivais encore, il te faudrait revoir et corriger bizarrement tes tableaux italianissimes pour les mettre d'accord avec les réalités dont nous allons parler.

Passez, un dimanche dans la journée ou un jour de la semaine à l'heure du crépuscule, dans les parages de la rue Saint-Victor et de la place Jussieu. Vous vous demanderez si vous êtes bien encore en plein Paris et si vous n'avez pas été soudainement transporté par quelque intervention magique en quelque bourgade des rives du Pô.

Sur les bancs, sur les seuil des portes, le long des trottoirs, ce ne sont que défroques bariolées portées par des créatures singulières. Tous les âges sont représentés dans cette olla-podrida : ici, le gamin ou la gamine ayant sous le bras le violon aux grincements crispants ; là, la vieille matrone au visage tanné, aux cheveux gris en broussaille, et le grand-père dont la tête branle sous le bonnet pointu.

8

Les accoutrements défient la description, depuis surtout qu'aux parties du costume conservées pour la couleur locale, on s'est avisé d'adjoindre des fragments de costume parisien. Vous voyez, par exemple, une fille qui a mis le corsage à barrettes rouges des Napolitaines sur une jupe de molleton à carreaux. Cette autre est coiffée d'une toque achetée chez la mercière du coin, tandis que les épingles dorées, les colliers de verroterie et la basquine sont restés fidèles à l'Italie. Il y a aussi de vieux modèles qui se promènent en culotte courte, guêtrés, avec la petite veste et le gilet rouge; le tout complété par une casquette à trois ponts !

Je vous dis que c'est invraisemblable.

Mais ce qui est plus invraisemblable encore, ce sont les mœurs de tout ce monde. Cela vit pêle-mêle dans des garnis sans nom, où des forêts de loques pendent sur des ficelles, où des enfants grelottent la fièvre dans un coin, tandis que dans l'autre, des rogatons graillonnent sur un poêle puant.

On fait tous les métiers. Les petits mendient, les fillettes posent dans les ateliers. Les très vieux et les très vieilles aussi. Quant aux gars intermédiaires, leur principale occupation paraît être de jouer du couteau entre eux à la moindre dispute.

Une première fois, la police était intervenue pour nettoyer ce recoin d'Augias, arguant principalement de l'exploitation odieuse qu'on y fait de l'enfance.

Mais, depuis, l'invasion a recommencé de plus belle ; chaque jour, arrivent de nouvelles recrues embauchées dans les villages italiens par des entrepreneurs. Car toute cette miséraille n'opère pas pour son propre compte ; elle est recrutée par des spéculateurs qui garantissent aux exploités le pain quotidien et qui leur prennent ensuite leurs bénéfices.

Il y a là, à côté de souffrances tout à fait dignes de pitié, des dépravations abominables. Double raison pour intervenir de nouveau.

Sous ce double rapport, nous sommes suffisamment approvisionnés par nous-mêmes et nous n'avons pas besoin que les voisins déposent chez nous leur panier aux ordures.

———

Quel trait de mœurs !

Peut-être, ainsi que moi, avez-vous lu, dans les faits divers d'un journal, ces quatre lignes :

« Comme nous l'avions prévu, une foule énorme a profité de la fête de Montmorency pour aller visiter l'endroit où a été trouvé le cadavre inconnu. »

Les Français peints par eux-mêmes !

Vous représentez-vous les honnêtes familles qui se mettent en route pour passer un dimanche jovial et s'en donner à cœur joie ?

Tandis que les demoiselles s'habillent, le papa, qui est en train de mettre sa cravate de gala, leur crie :

— Décidément nous irons à Montmorency. Ce sera charmant. C'est la fête du pays. Je vous payerai les chevaux de bois et je vous mènerai voir l'endroit où on a assassiné un homme la semaine dernière.

Suave mélange! Quel dommage que le cadavre ait été emporté! La réjouissance eût été complète.

C'est le pendant de cet autre père disant le matin à ses enfants :.

— Choisissez. Pour votre dimanche, aimez-vous mieux aller au bois de Boulogne ou à la Morgue?

Plus nous marchons, plus on semble prendre plaisir à attiser les curiosités malsaines.

Il ne peut pas se répandre dix gouttes de sang quelque part sans que les faits divers essayent de faire une célébrité à l'endroit humecté.

Dzing! boum! boum!... Vous croyez que c'est sur une grosse caisse que l'on tape?... Non. C'est sur un cercueil.

Les vilaines habitudes que nous prenons là!

8.

Le drame du domptage. Histoire réelle.

Un dompteur vivait en paix avec son épouse.
Ils avaient été si bien assortis, que madame ne
dédaignait pas de participer aux exercices de
son mari.

Leur devise mutuelle semblait être :

— Une cage et son cœur!

Mais il paraît que, dans le nouveau continent
comme dans l'ancien, le « souvent femme varie »
est une devise féminine. Si bien — ou si mal —
que la moitié du dompteur se lassa des charmes
de ce duo d'amour, accompagné en faux-bour-
don par les rugissements des fauves pension-
naires.

Le dompteur avait pour garçon de ménagerie
un gars de vingt-cinq ans, un Maltais superbe,
à ce que constatent les comptes rendus. Des
yeux d'acier, une chevelure noire et romantique...

Bref! madame la dompteuse tomba amoureuse
du modeste, mais pittoresque employé.

Ceci n'est que le prologue. Lequel prologue,
contrairement à ce qui se passe d'ordinaire dans

les drames, n'a été connu du public qu'après le dénouement.

Rien, en effet, ne semblait changé dans le ménage, quand un jour l'homme, au début de sa séance, fut terrassé et dévoré par ses élèves. On l'enterra pompeusement. Une partie de la ville où avait eu lieu l'accident suivit son convoi. Les reporters se répandirent en détails biographiques qui firent monter le tirage des journaux locaux. Une feuille illustrée donna le portrait de la victime.

Puis on n'en parla plus.

Et probablement vous vous demandez en quoi cette histoire diffère de vingt récits analogues, et pourquoi je vous la raconte avec ces détails de mise en scène.

Attendez, je vous en prie. Ne vous ai-je pas prévenu que le drame avait marché contre toutes les règles du genre? Nous paraissons être à la fin. Nous sommes au commencement.

Après trois mois, la dompteuse, pour consoler son veuvage, était devenue ouvertement la maîtresse du garçon de ménagerie. Mais celui-ci voulut abuser de sa situation. Il se grisait comme un Polonais et battait à outrance la malheureuse, qui supportait tout sans mot dire.

Tout, excepté l'infidélité !

Ayant appris que, non content de la rouer de coups, son Roméo d'écurie la trompait, elle prit la soudaine résolution de se venger. Une heure après, elle était au bureau de police. Le soir même, on arrêtait son complice.

Car il y avait eu crime, et crime abominablement concerté.

Le garçon de ménagerie, d'accord avec la femme de son maître pour supprimer celui-ci, avait imaginé un genre d'assassinat non prévu par les codes. Comme c'était lui qui était chargé de donner la nourriture aux lions, il les avait laissés jeûner pendant soixante-douze heures, au bout desquelles ceux-ci, légitimement affamés, s'étaient offert un repas composé du dompteur.

Moralité :

— Dompteurs mariés, n'ayez jamais que des employés grêlés, louchons et difformes.

VIVANTS ET MORTS

VIVANTS ET MORTS

ÉMILE AUGIER

C'est toujours une solennité d'ordre exceptionnel qu'une première à la Comédie-Française.
Mais, pour l'œil de l'observateur, ces solennités-
là ont entre elles autant de dissemblances que
de similitudes. Toujours, parbleu ! même af-
fluence, même curiosité.

Toutefois, quoiqu'une partie du public soit
inamovible, combien les allures de la salle diffè-
rent selon la nature de l'œuvre qui va être représentée, selon l'écrivain qui la signe !

Je préciserai par des exemples empruntés aux
succès de la maison de Molière dont le souvenir
est encore présent à tous les esprits.

A la première de *la Fille de Roland*, l'assistance avait une solennité académique. Avant le lever du rideau, on ne voyait que têtes blanches prenant des attitudes recueillies. L'orchestre avait une majesté spéciale. On sentait qu'on était placé dans une atmosphère étrangère, non seulement aux tempêtes, mais même aux mœurs contemporaines.

A la première de *l'Ami Fritz*, au contraire, tout respirait la bataille. On se regardait entre voisins en se toisant de l'œil. Quand on gagnait sa place, la façon dont on disait : « Pardon ! monsieur, » avait un petit air de défi involontaire. Soirée de combat.

A la première de *l'Étrangère*, soirée boulevardière. Les demi-mondaines, depuis qu'Alexandre Dumas fut leur historiographe, sont restées attachées à sa fortune comme si elles voulaient créer ce proverbe nouveau : Qui est bien châtié aime bien. Le public des grands cercles avait fait irruption. Salle tout entière au jeu des lorgnettes, à l'examen des toilettes et aux racontars mondains. On était venu tout autant pour voir Croizette que pour écouter l'auteur. Un vague parfum d'opoponax régnait dans les loges. Le souci littéraire n'était évidemment qu'au second plan.

A la première de la reprise d'*Hernani*, au contraire, l'enthousiasme littéraire se trahissait au premier coup d'œil. Ce n'était plus comme à l'heure des grandes luttes, mais il y avait quelque chose de l'apothéose définitive dans cette séance mémorable d'où le boulevardisme était complètement exclu.

Les premières d'Augier ont de même leur caractère tout à fait spécial.

Après avoir traversé la période fiévreusement militante de *Giboyer* et des *Effrontés*, elles sont entrées dans une sphère nouvelle. Autrefois, c'étaient des tournois politiques. Aujourd'hui, Émile Augier, qui ne traite plus que les questions de philosophie sociale sur la scène, a cessé de provoquer les mêmes ardeurs, mais il éveille toujours le même intérêt.

Avant le lever du rideau, on sent que tout le monde est venu pour prendre part à un régal in-

9

tellectuel. Il n'y a pas de coteries en jeu ; Émile Augier se trouve placé en dehors des sectes. Il est l'homme de tous. Une première de lui est par conséquent une soirée de dilettantisme pur.

Peut-être êtes-vous curieux de savoir comment Émile Augier se comporte en face des émotions du premier soir. Ces émotions, il les ressent violemment, à coup sûr, mais avec une crânerie résolue. Tant qu'il croit pouvoir y faire quelque chose, il travaille minutieusement, revoyant chaque détail. Mais lorsqu'il a mis l'œuvre à son point, qu'il a donné tout ce qui est en lui, il devient aussi fataliste qu'un mahométan. Fais ce que dois, advienne que pourra.

Jamais de fausse modestie, se dérobant aux félicitations en cas de succès. Jamais non plus d'abattement ni de découragement si le résultat ne répond pas à son attente. Sa grande conclusion, dans tous les cas, est :

— Je vais pouvoir retourner à la campagne.

Car la campagne pour Augier, c'est l'eau pour le poisson. Quand il n'est pas à son Croissy adoré, il a des nostalgies étranges.

Pour se faire illusion à lui-même, il n'a d'autre
ressource que de s'en aller tous les jours au
bois de Boulogne, où il suit invariablement le
cours du petit ruisseau qui va du lac à la cas-
cade; cela devient sa Seine en miniature.

— Si je ne pouvais pas sortir, me disait-il un
jour en riant, et qu'il me fallût vivre enfermé
dans mon appartement, je serais obligé de m'y
faire poser un décor représentant une forêt. Je
ne peux plus loger, il faut que je niche...

Belle chose, en vérité, qu'une carrière aussi
glorieusement remplie, qui trouve encore moyen,
après tant de victoires, de se surpasser elle-
même; belle chose aussi qu'une existence qui
s'est donnée tout entière aux intelligents labeurs
sans jamais dévier de sa ligne, sans céder à de
mesquines ambitions, sans courir après d'autres
satisfactions que celles de l'homme de lettres
paisiblement heureux et légitimement fier d'un
renom sans rival.

Les lettres, en effet, sont restées toujours le seul souci et la seule joie d'Émile Augier.

Le plus bel éloge qu'on puisse faire de lui, et le plus mérité aussi, se résume en ces mots :

— C'est un sincère.

En voilà un qui ne sut jamais ce que le mot « pose » peut vouloir dire !

Il y a dans la douce robustesse de ce tempérament, dans la mâle et souriante vigueur de cette nature beaucoup des qualités qu'il a données au héros de sa belle comédie des *Effrontés*. Comme lui, il a toujours eu pour devise : Faire simplement son devoir.

Émile Augier, amplement et solidement taillé au physique comme au moral, n'a vraiment rien de commun avec les ridicules et les vices de son temps. Étranger à tout cénacle, il demeura toujours en dehors des camaraderies bruyantes, des sociétés d'admiration mutuelles, des roueries de puffistes.

« Cache ta vie, montre tes œuvres, » est un précepte qu'il a suivi fidèlement.

Vous ne trouverez jamais, dans aucun journal,

à propos de ses pièces, ces racontars tapageurs, ces boniments anticipés à l'aide desquels certains de ses confrères travaillent la curiosité publique comme on entraîne un cheval de courses.

Dès qu'il a fait représenter une œuvre, il se replonge dans sa solitude, hantée seulement par quelques amitiés de choix; puis il reparaît plus tard, un nouvel ouvrage à la main, en disant :

— Écoutez et jugez.

Chez lui, ni recherche de dandysme, ni affectation de bohème, deux extrêmes auxquels sont allées tour à tour tant de célébrités contemporaines.

Il fume sa pipe tranquillement, parce qu'il aime la pipe et qu'il n'entend pas, par affectation de high-life, se priver d'un plaisir de son choix. Mais il ne se met pas à la fenêtre pour faire dire aux passants :

— Cet Augier! quel gaillard sans cérémonie!

Dans un dîner, il n'arrivera pas avec la résolution préconçue de concentrer sur lui tous les regards et toutes les attentions. Il ne cherchera pas à placer des mots à effet étudiés d'avance. Il cause pour causer, au hasard de la fantaisie ou du voisinage, sans se guinder jamais et en sachant écouter les autres, ce qui est une vertu rare, allez! chez un homme célèbre.

Quand ceux qui l'approchent pensent à lui, la première impression qui se présente est : « Je l'aime bien. »

« Je l'admire, » ne vient qu'après.

Cette simple impression vous raconte l'homme.

Avec cela, pas plus de fausse modestie que de sot orgueil. Je me rappelle, au lendemain de l'insuccès de *Lions et Renards*, avec quelle candeur il murmurait :

— C'est que je ne sais vraiment plus dans quelle voie chercher !

Il ne savait plus! Et il a fait *Madame Caverlet*, et il a fait les *Fourchambault*, et il en fera bien d'autres encore !

Il n'y a que les talents hors ligne pour avoir de ces défiances loyales suivies d'éclatants renouveaux.

On a parlé jadis de la seconde jeunesse.

La voilà.

*
* *

Émile Augier aura eu cette fortune assez rare de rencontrer un artiste capable d'incarner successivement les principaux types de ses plus éclatantes comédies.

Cet artiste, c'est Got.

Got a été Giboyer.

Got a été maître Guérin.

Got est aujourd'hui Bernard.

Ce simple rapprochement montre la souplesse d'un talent qui se métamorphose selon les exigences de l'auteur. Mais il atteste aussi la mutuelle affection qui unit l'écrivain à son interprète.

Chaque fois que Got joue dans une nouvelle pièce d'Augier, il a double émotion.

Et la plus grosse part n'est pas celle qui le concerne personnellement. Il s'est tellement associé, pendant les répétitions, aux destinées de l'œuvre, qu'il passe par les mêmes transes que s'il y avait collaboré.

Avec un autre, cela pourrait singulièrement entraver l'élan de son jeu. Avec Got, cela donne au contraire une impulsion de plus à l'effort de l'artiste qui combat pour deux.

Et qui triomphe de même.

*
* *

Augier est un oseur, mais un oseur pour le bon motif. Ses audaces furent toujours assainissantes, et non corruptrices. Aussi, qu'on remette à la scène une de ses œuvres, n'importe laquelle, on est sûr qu'elle a gardé sa vitalité et son action sur le public.

Tandis que les effrénés d'aujourd'hui n'ont que la surexcitation factice et éphémère d'un épileptique en proie à son attaque, Augier a la vigueur mâle et persistante du vrai moraliste.

La reprise des *Effrontés* a prouvé que le latin n'avait pas tort quand il donnait au même mot *vates* la double signification de poète et de prophète. Il y a de la prophétie presque à chaque mot dans les *Effrontés*. Augier y a entrevu, à travers les brumes de l'avenir, des transformations de mœurs qui sont aujourd'hui un fait accompli depuis longtemps. En matière financière surtout, il a eu des pronostics d'une étonnante lucidité. On en a été frappé à la représentation.

Son principal type d'effronterie, d'ailleurs, était déjà un fac-simile, par bien des points, quand la comédie parut pour la première fois. La meilleure preuve qu'on en puisse donner, c'est une anecdote qu'Augier n'a racontée que plus tard et qui n'a pas été imprimée encore.

Commettons l'indiscrétion.

Deux jours après la première des *Effrontés*, Augier était prévenu le matin, par son domestique, que deux messieurs demandaient à lui parler. Deux messieurs ? Que signifiait ce solennel accouplement ?

Augier posa sa bonne pipe de Tolède sur son bureau, et passa dans son salon, où il avait fait introduire les inconnus.

9.

Les salutations esquissées, comme les visiteurs gardaient le silence avec quelque contrainte, l'auteur des *Effrontés* les invita par un mot à bien vouloir...

L'un d'eux alors :

— Monsieur, nous sommes envoyés par notre ami, M. X..., le financier connu.

— Et dans quel but ?

— Monsieur X... croit, et c'est aussi l'avis des personnes de son entourage, que c'est lui que vous avez prétendu viser et tourner en ridicule dans votre pièce.

— Dans ma pièce ?... Feriez-vous allusion au type d'intrigant, ce financier que j'y...

— Sans doute, monsieur.

— Et vous venez me demander raison ?

— Précisément.

— Ah !

Augier prit un crayon dans sa poche et, sur une feuille de son carnet, se mit à écrire. Les autres, interloqués, regardaient troublés.

Après deux minutes, Augier déchirant la feuille :

— Messieurs, je serai à la disposition de M. X... si vous voulez apposer votre signature au-dessous des lignes que voici : « Nous certifions que M. X..., dont nous persistons à nous dire les amis quand même, ressemble au personnage taré, véreux et déshonoré qui figure dans les *Effrontés*. »

— Mais... firent les deux visiteurs, le regardant avec ahurissement.

— Quoi de plus logique, messieurs? Si vous êtes les amis d'un galant homme, il n'y a rien de commun entre lui et mon héros. Dès lors, votre visite est sans but.

— Ma foi, monsieur, vous avez raison. Veuillez considérer notre démarche comme non avenue.

Et ils partirent penauds.

LABICHE

Labiche (ne pas s'y tromper) est un des rares vrais auteurs comiques de ce temps.

O collaboration, voilà de tes coups ! Si Labiche avait écrit seul une tragédie en cinq actes pour l'Odéon, du premier jour il aurait été connu. Il lui a fallu, au contraire, l'infatigable accumulation de quarante ans de succès pour arriver à faire pénétrer peu à peu son nom dans le public.

C'est que le public, à chaque fois, voyait sur l'affiche un autre nom à côté de celui du maître. Ses souvenirs en étaient déroutés involontairement.

Il y a là une injustice qui n'a plus besoin d'être réparée. Mais la personnalité de Labiche est restée en dehors de la publicité, comme si elle n'était pas celle d'un des plus sympathiques et des plus originaux fantaisistes de ce temps.

Ah! cette bourgeoisie, qu'on a tant raillée jadis, a pris de fières revanches!

Comme elle a manié, à son tour, cette arme de l'ironie qu'on avait tant de fois tournée contre elle! Quelle liste on dresserait avec les bourgeois d'esprit et de talent qui ont été la gloire de ce siècle! A commencer par le père Varin, l'immortel auteur des *Saltimbanques*; à continuer par le père Duvert; à finir par Labiche, que j'ai l'honneur de portraiturer devant vous.

Au physique, la cinquantaine avec quelques années supplémentaires; un aimable embonpoint qui trahit l'incognito du gourmet, disciple de Brillat-Savarin; un visage soigneusement rasé, dans lequel trois choses frappent tout d'abord l'observateur : un nez fin, une bouche gaie, un œil pétillant d'une bonhomie narquoise.

Labiche (*homo duplex*) est à la fois l'auteur applaudi que vous savez et l'agronome à succès que vous ignorez peut-être.

Il possède en Sologne des domaines immenses

sur lesquels il se livre à toutes les expériences possibles d'agriculture, d'horticulture, de sylviculture, de pisciculture, d'oviculture, de viticulture...

Il y en aurait comme cela trois colonnes.

Il vous parle de ses huit mille moutons avec une simplicité qui fait rêver.

Je l'ai qualifié bourgeois... Ajoutons... bourgeois de Carabas.

La Sologne ci-dessus nommée est pour Labiche l'objet d'une idolâtrie.

Vous avez vu des pères qui s'attachaient d'autant plus vivement à un enfant que sa beauté était plus contestable et plus contestée. C'est le cas de Labiche. Ah! l'on a décrié la Sologne! Il vous démontrera, lui, que c'est l'Eldorado, le paradis terrestre, un Éden entre bois et marais.

Dieu! qu'ai-je dit?... marais!... Il bondirait à ce mot. Apprenez qu'en Sologne l'eau ne dort pas comme ailleurs.

C'est le sommeil de l'innocence!

Labiche est convaincu, quand il parle ainsi. Tellement convaincu qu'il finit par vous con-

vaincre vous-même, et qu'on a envie de prendre
le chemin de fer pour aller finir ses jours dans
le pays par lui apothéosé.

*
* *

C'est aussi avec une égale sincérité, mais
cette fois dans le sens de l'aversion, qu'il parle
de la musique.

Si vous voulez entendre une série d'impréca-
tions paradoxales spirituellement rhytmées et
variées avec une rare souplesse de haine, parlez-
lui de l'Opéra.

Il bondit.

Dernièrement, nous nous trouvions réunis à la
même table, en compagnie d'Halanzier, qui justement se trouvait être son voisin d'assiette.

Il fallait entendre Labiche entreprenant de
persuader au directeur qu'il devait, lui aussi,
détester la musique.

— Voyons, monsieur Halanzier, avouez-le
donc. Vous en vendez : donc vous ne pouvez pas

la souffrir. Est-ce qu'un pâtissier aime jamais les gâteaux ?

Après quoi, Labiche nous conta comment il avait, une seule fois dans sa vie, assisté à la représentation d'un opéra, *Guillaume Tell.* C'était pour se marier. On avait résolu de lui ménager une entrevue avec sa future. Il fallait un terrain neutre. Elle devait se trouver avec ses parents dans la loge d'un ami à l'Opéra.

Sur l'énoncé de ce simple fait, Labiche se récria :

— Une femme qui aime la musique! Jamais.

— Mais non!

On dut batailler et lui expliquer qu'il ne s'agissait pas d'un goût déterminé, mais simplement d'un cas isolé.

Labiche, acquiesçant, part pour l'Opéra et s'installe dans son fauteuil. A la moitié du premier acte, il commence à donner des signes d'agitation qui alarment ses voisins; à la fin du second acte, il n'y tient plus et se met à arpenter les couloirs.

C'est là que son futur beau-père le dénicha,

les deux mains sur les oreilles, pour ne pas entendre l'écho d'un grand duo qui arrivait à lui à
travers les cloisons.

Et Labiche d'ajouter en matière de conclusion :

— Pourtant, je n'ai pas de parti pris contre la
musique. Il y a un instrument dont je raffole!

— Ah! bah! Lequel!

— Le tambour.

* * *

Ce tambour-là n'est pas mis ici pour l'effet.

Labiche est chauvin et éperdument bonapar-
tiste. Mais alors même qu'il entame une ardente
dispute politique, au moment où son interlocuteur se fâcherait peut-être, il vous lance quelque
boutade humoristique qui fait partir l'éclat de
rire de force, et voilà la polémique désarmée.

Signe particulier : Labiche est fort riche, ce
qui n'est pas le cas de tous les vaudevillistes,
n'est-ce pas ? Ses énormes succès n'ont contribué
qu'à grossir un patrimoine déjà considérable. Il
possède, rue Caumartin, un immeuble dont de-

puis plusieurs années il occupe le premier étage.

Quand il lui arrive des lettres avec cette suscription : « Monsieur Labiche, auteur dramatique, » son portier a l'habitude de murmurer :

— Je ne comprends pas qu'on appelle monsieur un auteur, puisqu'il est propriétaire !

Dans son appartement, du plus intelligent confort, Labiche reçoit des amis choisis, à qui il offre des menus d'élite. C'est un raffiné. Même en dépit de la goutte, qui lui a fait une sommation ou deux, il garde sa devise : Gourmandise sans repentir.

Ah ! les joyeux propos qui s'échangent à cette table-là ! Car, contrairement à ce qui arrive souvent, l'homme chez Labiche est aussi gai que l'écrivain, ce qui ne l'empêche pas d'être un écouteur des plus discrets et de laisser volontiers briller les autres.

Après le dîner, on passe, entre hommes, dans le cabinet de travail du maître de céans, et alors la fantaisie se donne libre carrière, pendant que Labiche fume gravement sa bonne pipe de Tolède.

Pas l'ombre de pose chez lui ni autour de lui.
Tout au naturel.

On ne se douterait jamais qu'on a affaire à un
des hommes de notre époque dont le nom mérite
le plus de survivre, car il a été un vrai maître en
son genre et a renoué plus d'une fois la tradition
moliéresque dans ces chefs-d'œuvre qui s'appellent *le Misanthrope et l'Auvergnal, Célimare
le bien-aimé, le Voyage de M. Perrichon, la Sen-
sitive...*

Vous retrouverez tous les *et cœtera* en relisant
les œuvres complètes qui ont donné place dans
le musée académique à cette physionomie si franchement sympathique.

THÉODORE DE BANVILLE

Tout finit par des souvenirs à notre époque. Jamais on ne fut plus oublieux au fond; jamais on ne fut plus rétrospectif dans la forme.

Chaque écrivain notable fouille à son tour le passé. Mais la récolte n'est pas la même pour tous. Tandis que les uns n'exhument que de banals ossements, les autres savent faire revivre les tombeaux.

Parmi ces autres, Théodore de Banville a pris place, grâce à un livre où défilent les résurrections pittoresques.

C'est d'abord Balzac, de Vigny, Méry, Dumas, Roqueplan, Janin.

Ce sont aussi les excentriques : Philoxène Boyer, Baudelaire, Lordereau, Glatigny, Grassot, Privat d'Anglemont.

Nul ne pouvait mieux que Banville justifier ce titre : *Mes Souvenirs.* N'est-il pas mêlé depuis bientôt quarante ans à ce grand mouvement parisien des lettres et des arts? N'a-t-il pas coudoyé toutes les célébrités, exploré tous les mondes?

N'est-il pas lui-même une personnalité d'un relief singulier? Les années ont passé sans éteindre en lui aucune flamme. Il a les mêmes ardeurs, il a la même verve qu'à l'heure de ses débuts.

Homo duplex ne suffit pas pour le désigner. Je connais trois ou quatre Banville au moins réunis en un seul. Il y a le Banville poète, rêvant aux étoiles. Il y a le Banville journaliste et fantaisiste, dont l'œil a scruté tous les coins de trottoir, du boulevard des Italiens à la montagne Sainte-Geneviève. Il y a le Banville doux, charmant, exquis de courtoisie pour tous les rapports de la vie quotidienne. Il y a le Banville exalté comme un sectaire et féroce comme un Peau-Rouge, quand on le met sur le chapitre de ses inimitiés littéraires.

Quel sculpeur, mes amis! Soudain sa voix, à laquelle il mettait toutes les sourdines de la bienveillance, s'élèvera au diapason le plus pointu de l'indignation si vous jetez dans la conversation le nom de Scribe. Lui, qui ne ferait pas de mal à une mouche, vous déclarera avec conviction qu'il admet l'abolition de la peine de mort pour tous les crimes, à condition qu'on exceptera les gens qui ont la rime pauvre.

Je ne sais pas de spectacle plus étrange que le flamboiement de Banville bondissant sur un paradoxe. Sa conversation alors est à la fois une explosion de fusées et de cartouches à la dynamite. Un feu d'artifice qui massacre!

Puis, sa victime hachée, il redevient l'être pacifique et placide qui ne monterait pas en omnibus sans demander pardon au conducteur quand il passe devant lui.

Un vrai original, quoi! qui ne peut pas être comme tout le monde, parce qu'il est quelqu'un. Aucune pose dans son affaire. Plus il semble bizarre, plus il est nature.

Nous n'avons pas assez de ces natures sin-

cères. C'est de la vieille roche et aussi de la
perpétuelle jeunesse.

Encore un contraste de ce contrasté : le temps
a marqué son empreinte à l'extérieur. Les cheveux sont partis, la fatigue facilite sur les traits
l'art de vérifier les dates. S'il passe dans la rue,
vous lui donnerez son âge. Mais s'il cause, vous
ne saurez plus. Tout se met à pétiller de malice
dans ce visage, depuis le nez pointu jusqu'aux
yeux pénétrants.

Tout est oppositions, d'ailleurs, dans ce tempérament. Les médecins l'avaient condamné, il y
a trente ans. Vous verrez qu'il leur fera la nique
trente ans encore. Il semble las, et il est capable
d'un travail gigantesque. Il serait porté à la rêverie flâneuse que le poète aime tant, et il s'est
laissé prendre dans l'engrenage du journalisme,
qui ne lâche pas une minute sa proie !

Pour ne rien faire comme tout le monde, Banville a voulu habiter une rue ignorée, invraisemblable, impossible : la rue de l'Éperon.

C'est là-bas, en un recoin perdu de l'ancien
Paris, non loin de la rue du Jardinet, au sein

d'un quartier où il y a en bordure des maisons noires, surannées, funèbres, et derrière, des allées où chantent les pinsons, où nichent les merles jaseurs.

Vous pouvez vous représenter Banville cachant ainsi sa villégiature en plein Paris. On entre par un portique austère. On tombe sur une idylle au fond de la cour.

Le voilà au beau milieu du printemps éternel, à deux pas du pays Latin, où s'ébattit sa vingtième année. Deux pas, et il se trouve en pleine fermentation de juvénilité. C'est un bain de Jouvence comme un autre.

S'il lui plaît de songer, au contraire, loin du bruit et de la foule, il n'a qu'à s'enfermer dans son logis, et il a la province à Paris, libre aussi de remuer à l'aise ces *Souvenirs* qui ont amené son nom sous ma plume.

* * *

Ces *Souvenirs*-là fourmillent d'anecdotes inédites, de révélations précieuses, de mots saisissants.

En connaissez-vous beaucoup de plus profonds que celui de Dorval, parlant d'elle-même et disant :

— Je sais bien que je ne suis pas jolie, mais je suis pire...

Quoi de plus typique que cette indication donnée sur Nestor Roqueplan ?

Quand une nécessité sociale forçait Roqueplan de dîner dans une maison à la mode, il était comme un porc-épic.

Le mot *Madère* désignant un breuvage entièrement fictif, qui n'existe pas dans l'île de Madère ni même ailleurs, avait surtout le don de l'horripiler et, lorsqu'un valet agaçait son oreille avec ce vocabulaire abusif, Nestor ne pouvait s'empêcher de lui répondre tout haut par la phrase que les romanciers naturalistes écrivent couramment au lieu de : Alors, vous vous moquez de moi ?

Sur Baudelaire encore — qu'il a beaucoup connu et qu'il me semble avoir aimé outre mesure — Banville donne de très nombreux détails. Mais j'avoue que je ne puis prendre comme preuve d'esprit comptant deux ou trois répliques de cet étonneur à des bourgeois qui le questionnaient.

Par exemple, une fois, raconte Banville, Baudelaire se trouve chez un haut fonctionnaire à qui — notez la circonstance aggravante — il est allé demander un service.

Ce n'est pas pour lui, je le veux bien, mais enfin...

Le fonctionnaire accorde au poète la faveur qu'il venait solliciter pour autrui.

Puis la conversation s'engage.

— Monsieur Baudelaire, interroge l'autre, qui n'y voit pas malice, je voudrais bien savoir pourquoi, avec votre magnifique talent, avec ce don que vous avez de créer l'harmonie et de susciter la puissante illusion, vous choisissez des sujets si...

— Si quoi? demande froidement Baudelaire.

— Mais, reprit le fonctionnaire, si atroces... (Et se corrigeant aussitôt) je veux dire si... peu aimables.

— Monsieur, dit le poète d'un air aiguisé comme le tranchant d'un glaive, c'est pour étonner les sots.

Eh bien ! la voix eût-elle été aiguisée comme le tranchant de plusieurs glaives, je confesse qu'il m'est impossible de trouver éclatante cette réponse, qui me paraît purement grossière.

A vouloir trop étonner les sots, on risque fort de faire figure de sot soi-même.

Et c'est ce qui me paraît être arrivé dans la circonstance.

LAMARTINE

Lamartine !...

De quel éclat ce nom ne brilla-t-il pas pendant une période de vingt années, de 1828, où il était le roi de la poésie, à 1848, où il fut presque un moment le roi de la révolution !

Puis soudain le silence se fit. L'oubli envahit cette mémoire comme une ronce parasite.

La tombe tarpéienne !

La destinée a parfois pour certaines gloires de ces réactions et de ces injustices.A l'engouement succède le parti pris de dédain, souvent même d'hostilité. Et il a fallu trente ans pour que ce Lamartine, qui fut un moment l'idole de la France, obtînt de cette France ingrate une de ces statues locales qui sont, au lendemain de leur mort, dé-

10.

diées à tant de médiocrités politiques ou littéraires.

Mais mieux vaut tard que jamais.

Donc, pendant trois journées, des fêtes ont
été données à Mâcon en l'honneur du maître.

On ne saurait contester la bonne intention de
ces fêtes ; mais c'est chose fort malaisée à rédi-
ger qu'un programme de ce genre, surtout un
programme qui doit, bon gré, mal gré, remplir
trois journées.

On inaugure la statue. Très bien. Cela prend
au plus une heure ; mettons deux. Et après ?
Comment remplir les vides ? à quoi occuper les
heures ?

Sur le programme de la fête lamartinienne,
l'œil rencontre, non sans étonnement, trois ré-
créations qui ne paraissent avoir avec la renommée du chantre d'Elvire que des rapports bien
lointains.

D'abord, des régates.

Les affinités entre Lamartine et le canotage
échappent au premier coup d'œil, et même au
second. Serait-ce une allusion aux voyages du

poète et à ce navire qu'il fréta jadis à ses frais?

Vient ensuite une retraite aux flambeaux.

C'est la retraite, et ran tan plan! Spectacle curieux, sans contredit. Pittoresque, j'en conviens. Mais la carrière de Lamartine n'a guère de point de contact avec les choses militaires, et ces tambours sonneront singulièrement dans la circonstance.

Enfin, — ici, je ne comprends plus du tout,— enfin, la troisième journée comprend un « tir aux pigeons... » Pour le coup, la surprise est... surprenante.

Le pigeon et la tendre tourterelle ont été chantés par le barde, mais jamais au point de vue du fusil de précision. Ce tir me déroute complètement.

Il est vrai que j'ai été plus ahuri encore dans une occasion analogue.

Il s'agissait d'une inauguration aussi. Ne nommons pas celui dont la statue était en cause. Constatons seulement que, parmi les divertissements destinés à solenniser ce beau jour, on avait inscrit...

Devinez !...

Une « course au cochon » (*sic*).

Il ne faut décidément établir aucune confusion
entre celui qui est honoré et les procédés popu-
laires employés pour mouvementer l'hommage
rendu. On fait ce qu'on peut, et par conséquent
on fait ce qu'on doit.

*
* *

Je reviens à Lamartine.

Quel monde de souvenirs réveille ce nom qui
eut un moment tous les rayonnements et toutes
les illustrations ! On revoit par la pensée les débuts lumineux du jeune homme trois fois privi-
légié, par la naissance, par la beauté, par le talent. On revoit cette tribune que faisait retentir
si fièrement l'accent de cette voix éloquente. On
revoit la rue enfiévrée, les pavés soulevés, le
grand écroulement d'un trône. On revoit enfin
l'heure lugubre de la décadence et de la décré-
pitude, de l'isolement et de l'ingratitude, de la
douleur et de la mort.

Nous n'avons connu Lamarfine qu'à sa dernière et navrante incarnation, alors que, dans le mélancolique chalet de Passy, dont la libéralité municipale lui faisait la maigre aumône, il usait, délaissé et découragé, les derniers restes d'une ardeur qui s'éteignait.

C'était affreux !

La nature, qui avait tant fait pour le poète, qui l'avait comblé de tous les dons physiques en même temps qu'elle le comblait de toutes les jouissances intellectuelles, la nature semblait prendre un plaisir impitoyable à lui faire expier ses prodigalités d'antan.

Lamartine, qui avait eu, autant qu'homme du monde, les grâces radieuses de la jeunesse, n'eut pas l'imposante majesté de la vieillesse.

Son pauvre grand corps s'était sinistrement efflanqué. La sveltesse élégante d'autrefois était devenue de l'étisie. Les traits, si purs et si corrects jadis, s'étaient effilés en lame de couteau, faisant des saillies caricaturales sous une peau jaune et parcheminée. Ces bras décharnés, ces jambes amaigries qui ballottaient dans des vêtements râpés, se démenaient avec des saccades de pantin à ressort.

Tout cela, il faut le dire, hélas! frisait de bien près le ridicule.

Lamartine le sentait si bien que son orgueil de beau déchu protestait et se révoltait avec une amertume brutale quand on lui demandait de faire sa caricature.

Il eut, à ce propos, une bien étrange correspondance avec un journal qui voulait publier sa charge.

Lamartine refuse net. Le journal ne se décourage pas. Il essaie de démontrer à son modèle qu'un esprit aussi libéral ne peut avoir de ces petitesses, ne peut opposer un misérable *veto* à la liberté du crayon.

Pour le coup, Lamartine ne se possède plus. Il prévoit sans doute quelle mine piteuse il fera si l'on traduit avec quelque malice les défaillances de ce corps déformé, de ce visage qui ne se ressemble plus. Et il se laisse aller à cette réponse tristement grossière qu'il a dû regretter aussitôt :

« Soit, je reconnais que je ne puis rien empêcher; soit, j'appartiens à la caricature, mais
comme le rayon de soleil appartient au ruisseau
qui le reflète. »

Elle est monstrueuse, surtout chez un gentle-
man comme Lamartine, qui se piquait, avant
tout, de grandes manières; elle est monstrueuse,
cette boutade où éclate une colère aussi dispro-
portionnée que la vanité qui l'inspire.

Mais, en y réfléchissant, on ne saurait en vouloir à celui qui écrivait ces lignes puérilement
séniles, si l'on peut parler ainsi. On se sent, au
contraire, pris d'une compassion profondément
douloureuse quand on songe à ce que cette
protestation résume de déceptions silencieuse-
ment dévorées, de deuils contenus, d'amertumes
intimes.

C'est l'explosion presque légitime de l'indignation du poète contre les déboires de la dernière heure.

Pauvre Lamartine! Comme il a dû souffrir
pour s'oublier jusqu'à devenir vulgairement in-
solent, lui, l'esprit délicat et courtois qui pla=

nait au-dessus de toutes les fanges sans même les effleurer!

*
* *

Les calculateurs rigide sont dans leur prud'homisme accumulé les additions pour démontrer que Lamartine avait été un mange-tout, et que, s'il avait traîné dans une quasi-indigence les dernières années de sa vie, c'était sa faute, sa très grande faute.

Avant de conclure ainsi, il faudrait établir des règles de proportion.

La machine Crampton, qui fait trente lieues à l'heure, n'a-t-elle pas le droit de brûler plus de combustible que la marmite immobile dans laquelle ronronne le pot-au-feu d'un bourgeois improductif?

On pourrait dire de Lamartine ce qu'on a dit de Dumas et résumer sa vie en ces deux mots :

« Penser, dépenser. »

Mais il faudrait aussi faire entrer en ligne de compte ce qu'il a donné. Il pensait et dépensait... pour les autres.

Quelqu'un lui disait un jour :

— Comment faites-vous donc, Lamartine, pour être si souvent gêné, car enfin vous avez au moins cent cinquante mille francs de revenu?

— Pardon, ce n'est pas exact. Mes amis ont cent mille francs de rente et moi cinquante.

Le mot était aussi charmant que juste.

Une anecdote le prouve.

Lamartine, au temps de sa prospérité, avait des fonds chez Rothschild. Il allait de temps à autre y puiser, au gré de ses besoins ou de ses fantaisies.

Un jour, il revenait de la rue Laffitte, après avoir prélevé dix mille francs sur son capital.

Comme il passait devant la porte de Z..., un homme de lettres connu pour ses carottages permanents, celui-ci se jette dans les jambes du poète.

On cause. Z... se lamente. Bref, après dix minutes de conversation, les dix mille francs avaient passé du portefeuille de Lamartine dans la poche du « cher, trop cher confrère ».

Le soir, Mme de Lamartine s'informe auprès

de son mari pour savoir s'il était allé chez Rothschild, comme il en avait annoncé l'intention.

— Oui... mais...

Là-dessus il fait part de sa rencontre et de ce
qui s'en est suivi.

— J'espère au moins, dit Mme de Lamartine
en matière de conclusion, qu'une autre fois vous
ne passerez plus devant la porte de ce Z...

— Si... Seulement j'aurai soin de prendre
chez mon banquier le double de ce dont j'aurai
besoin.

*
* *

Nous aurions grande envie d'étudier les causes
qui ont amené l'injuste dépréciation dont sont
en ce moment frappées en France les œuvres
poétiques de Lamartine.

Chose étrange! Au dehors, il a gardé tout son
prestige. On le traduit et on l'admire dans toutes
les langues. Chez nous seulement, on laisse
sommeiller sur les rayons poudreux de la bibliothèque les *Méditations* aussi bien que les
Harmonies, Jocelyn comme la *Chute d'un ange.*

C'est que notre temps se flatte d'avoir inventé le positivisme poétique, disons plutôt le « brutalisme ».

Il n'y a, dans certains cénacles, d'adulations et d'enthousiasmes que pour l'école du coup de poing.

Qu'on ne leur parle pas de Lamartine, un rêveur, un mélodiste, un robinet d'eau tiède. Ils ont remplacé les ailes par des bottes d'égoutier. C'est la dernière mode de leur muse.

On en reviendra, allez ! de cet absurde mépris professé avec fanfaronnade pour tout ce qui est au-dessus du niveau du macadam. On en reviendra, de ce parti pris qui aime mieux patauger que voler.

Et alors Lamartine prendra, devant la postérité, la place à laquelle il a légitimement droit.

Et alors les pages adorables où il a chanté l'amour, comme les pages sublimes où il a chanté les grands mystères de la destinée humaine, seront lues, relues, apprises, immortalisées.

Le goût est descendu. Il remontera... Un peu de patience !

JULES SANDEAU

La littérature avait déjà perdu Sandeau avant qu'il fût perdu pour ses amis, car il avait abandonné tout travail et nous disait un jour :

— Ah! mon ami... vous ne savez pas à quel point c'est dur d'en être réduit à se regretter!

L'auteur de *Mademoiselle de la Seiglière* ne répondait point par des dehors fascinateurs et romanesques à la poétique tendresse, à la délicate rêverie de ses œuvres.

L'aspect était plutôt d'un officier de cavalerie en retraite.

Je parle naturellement du Sandeau que j'ai connu et qui m'a été bien tendrement sympatique.

La redingote boutonnée, le cigare à la bouche,

le chapeau légèrement incliné, il s'en allait par les rues, les mains dans les poches, songeant et monologuant parfois. La rosette de la boutonnière achevait de dépister et ajoutait à l'analogie militaire.

Mais quand on se donnait la peine d'observer d'un peu près, rien qu'à pénétrer dans l'intérieur de ce regard profond et mélancolique, on se sentait en présence d'un penseur et d'un tendre.

Les traits ne signifiaient rien sans ce regard-là, tout illuminant, tout révélateur. Le nez était épais, les lèvres accentuées, le menton doublé. Mais par-dessus tout cela rayonnait la flamme de cet œil bienveillant et fin. La physionomie en était comme avivée.

Quelle profonde sensibilité chez ce vieillard dont l'âme était restée si jeune, si vibrante, qu'elle en souffrait parfois de cruels supplices!

Je me rappelle Sandeau en 1870, à l'heure de nos désastres. On venait d'apprendre la grande défaite décisive, la défaite de Sedan. Je rencontrai Jules Sandeau à la gare Montparnasse; il partait pour Bellevue, où il avait son nid. Il vint à moi d'un bond, comme un homme dont le cœur débordant a besoin de s'épancher, et frémissant, les dents serrées, les yeux baignés de larmes, il se répandit en éloquents gémissements sur le deuil de la France ! C'était admirable de sincérité, et si poignant que pas un des passants qui nous entouraient et nous observaient n'eut la pensée de railler cette douleur dont l'explosion avait vraiment des cris insolites en un pareil endroit.

De même, chaque fois que vous parliez à Sandeau d'un malheureux, il y avait de l'écho dans cette âme haut placée, mais toujours penchée vers les infortunes.

**

Au coup terrible que lui porta le déchirement de la patrie succéda un coup plus directement cruel encore.

Jules Sandeau avait un fils qu'il adorait. C'était par lui seulement et pour lui que ce modeste fut orgueilleux en sa vie.

Ce fils, qui comptait parmi nos plus brillants officiers de la marine, rapporta de Cochinchine le germe d'une impitoyable maladie qui devait l'abattre en quelques mois.

Je ne m'imagine pas de spectacle plus désespérément touchant que celui dont nous fûmes le témoin navré.

Sandeau avait emmené son fils chéri et agonisant. Il l'avait installé à Bellevue, dans ce nid auquel je faisais allusion plus haut et que je décrirai tout à l'heure. Puis il s'institua garde-malade, seconde mère.

C'était charmant et déchirant à voir, cet homme à cheveux blancs, servant de guide et d'appui à ce jeune homme marqué pour la tombe, soutenant de son bras sexagénaire le bras tremblant, fiévreux, de celui à qui il voulait faire voir une fois encore les arbres et le soleil.

Lorsque arriva le dénouement fatal, bien qu'il fût trop prévu, l'anéantissement s'empara de Jules Sandeau. On peut dire qu'il n'a jamais revécu depuis. Son fantôme a continué à errer, mais il n'était plus là... Une partie de lui-même

était restée prise, quand on avait cloué le cercueil du fils perdu.

Tous ceux qui l'approchaient se disaient qu'on
aurait pu lui appliquer ces beaux vers de Victor
Hugo :

Car rien n'est si puissant que deux pauvres bras morts,
Pour tirer promptement les pères dans la tombe.

*⁎
⁎ ⁎*

Faut-il parler de l'œuvre de Jules Sandeau ?

C'est presque faire injure à tout lecteur lettré
que de prétendre lui apprendre ou lui révéler
quelque chose sur la grâce accomplie, sur l'observation sereine de ces livres que plusieurs
générations ont déjà consacrés.

Au théâtre il laissera deux chefs-d'œuvre :
Mademoiselle de la Seiglière, accomplie sous ses
deux formes, et *le Gendre de M. Poirier*, auquel
collabora la robuste main d'Augier.

Le talent de Sandeau est peut-être, parmi tous
ceux qui ont imposé l'admiration à notre siècle,

la plus éloquente protestation contre la décadence naturaliste qui nous fait dégringoler vers des bas-fonds immondes. Relisez ces pages tout imprégnées de charme, de sentiment, d'élégance... et comparez ensuite avec les hoquets contemporains. .

Le parallèle est terrible.

Inutile de dire que Sandeau professait une horreur profonde — ou mieux un dégoût hautain — pour les malpropretés que d'aucuns croient avoir mis à la mode.

Un jour, devant moi, on parlait de certaines incongruités de la nouvelle école et des théories écœurantes prêchées par ses apôtres.

Sandeau écoutait sans mot dire.

Quelqu'un lui posa cette question directe :

— Et vous, cher maître, que pensez-vous de tout cela ?

— Moi, dit-il, c'est bien simple..., je pense qu'il y aura toujours plus de variété dans le parfum des fleurs que dans l'odeur du fumier.

Cela disait tout.

Sandeau, d'une bonhomie si franche, d'une si

cordiale aménité, avait d'ailleurs de ces trou-
vailles d'ironie altières et dédaigneuses.

Un autre exemple :

Je ne sais quelle feuille de bas étage avait di-
rigé contre lui une attaque odieusement bête.

Un ami — il en est toujours pour ces singu-
liers avertissements — crut bien faire en venant
prévenir Sandeau.

— L'article est abominable... Vous y répon-
drez, n'est-ce pas ?

— Non... il faudrait le lire...

*
* *

J'ai encore dans la mémoire un mot très profond de l'illustre écrivain.

C'était au moment d'un procès scandaleux
dans lequel un vieillard avait été honteusement
compromis, avec des détails d'un pornogra-
phisme révoltant.

On causait de cette histoire sinistre.

—Voyez-vous, dit Jules Sandeau..., à mesure
qu'on avance en âge, on doit devenir plus soi-

gneux de sa propreté morale comme de sa propreté physique. Il ne faut pas être parmi les gens qui disent : J'ai le malheur d'être vieux... Il faut être parmi ceux qui peuvent dire : J'ai l'honneur d'être vieux.

Il avait vraiment cet honneur-là, ce cher et vaillant cœur.

Aussi quelles fidèles amitiés il a inspirées !

C'était, en sa villa de Bellevue, dont je vous ai promis la description, un rendez-vous de dévouements d'élite.

La mignonne et plaisante demeure !... Un petit coin de jardin frais et souriant sur la plus belle vue des environs de Paris. Une vue qui attirait le pèlerinage des artistes.

Du coteau, en effet, on aperçoit le mont Valérien comme sous ses pieds. Puis la Seine aux zigzags paresseux, cheminant entre les ombrages en pente du parc de Saint-Cloud et les pelouses verdoyantes du bois de Boulogne.

La maison, de proportions socratiques, était décorée avec un goût subtil. Quelques peintres y avaient fait la toilette des murailles, notam-

ment dans la salle à manger, où tant de célébrités vinrent prendre place autour de la table hos-
pitalière.

C'était le séjour préféré de Sandeau, toujours
épris de calme. Que de fois la forêt de Meudon
regarda passer ce penseur solitaire, pour qui
chaque arbre était un vieil ami et à qui les oiseaux semblaient chanter la bienvenue !

Dans les dernières années, arbres et oiseaux
ne revirent plus le promeneur mélancolique et
doux. J'ai dit comment la perte de son fils avait
rendu odieux à Sandeau ce morceau de terre
qu'il avait mis toute sa coquetterie à parer, ces
paysages qui lui parlaient toujours du cher ab-
sent.

Il ne lui restait pour distraction que la flânerie
le long des quais, où il retrouvait deux choses
préférées : les grands horizons et les vieux
livres.

Mais tous ceux qui le rencontraient remar-
quaient, hélas ! un affaissement progressif chez
celui qui s'abîmait de plus en plus dans sa tristesse.

La maladie qui couvait finit par prendre son élan et fondit implacable sur le septuagénaire.

Ç'a été un grand vide pour l'Académie que la perte de Jules Sandeau. Modestement, sans bruit, il faisait une tâche importante, se vouant ou plutôt se dévouant à l'examen des œuvres présentées aux concours. Et comme il était heureux lorsqu'il découvrait un talent ignoré! Il allait en parlant à tous avec un cordial enthousiasme.

C'est lui qui, à propos de ces concours, disait un jour à un de ses collègues :

— Nous avons là un rare privilège. Il nous permet de nous choisir des remplaçants.

Il était, lui, de ceux que personne ne remplace, car il avait une formule dont on semble avoir perdu le secret, en ce temps d'outrances et de déchaînements.

GUSTAVE DORÉ

Nous avons lu avec une sympathique attention
tout ce qu'on a écrit sur le vaillant artiste tombé
en pleine tâche. Il ne nous a pas semblé qu'on
ait, en général, su pénétrer dans l'intimité de ce
caractère et de ce talent. On a paru attribuer les
tristesses profondes qui l'envahissaient souvent
aux mécomptes d'une ambition qui cherchait le
succès pour le bruit qu'il soulève et pour l'argent qu'il rapporte. C'est méconnaître, je crois,
le mobile d'ordre bien autrement élevé qui
surexcitait si vivement cet inquiet chercheur
d'idéal.

L'argent! Doré pouvait en gagner à plein
coffre. Il avait le crayon magique en main; il

n'avait qu'à s'en servir au gré de ses caprices. La fortune était là, à sa discrétion toujours.

Ses tableaux mêmes, exhibés en Angleterre, étaient pour lui d'un rapport fructueux et certain. Ajoutons que Doré était personnellement assez bien renté pour n'avoir pas à évaluer la gloire en sous et en centimes.

C'était, par ma foi, une convoitise bien autrement puissante et bien autrement haute qui le possédait, lui qui était prêt à tous les sacrifices et à tous les abandons au profit des siens, lui qui n'avait pas seulement le désintéressement, qui avait le dévouement aussi.

Se soucier du tas d'écus à base plus ou moins large que pouvait produire l'œuvre commencée, allons donc ! Ce qui le torturait, ce qui le tenaillait, quand il tenait le pinceau ou le ciseau, c'était l'irrésistible désir de faire dire à la couleur, au bronze ou au marbre ce qu'il voulait, ce qu'il sentait et ce qu'il ne pouvait pas toujours traduire.

L'angoisse était d'autant plus terrible que la nature l'avait fait pour l'immense. Il ne voyait pas seulement grand, il voyait colossal. Paysages ou scènes d'histoire prenaient dans son cerveau grossissant des proportions surhumaines.

Je me le rappelle, un jour, dans son atelier de la rue Bayard, — gigantesque, lui aussi — je me le rappelle se prenant tout à coup la tête entre les deux mains, semblant la pétrir pour en faire jaillir quelque chose et s'écriant avec une indicible expression :

— Ah ! si je pouvais faire voir aux autres ce que je vois là !

C'était tout le secret de ses tortures qui lui échappait d'un mot. Il avait de sublimes visées et des traductions impuissantes. Cette impuissance, il ne l'avouait jamais, mais il en était conscient, et elle lui était d'autant plus douloureuse qu'il aurait voulu escalader des sommets plus inaccessibles.

Ah ! non, il ne faut pas, comme quelques-uns l'ont fait, narguer de telles aspirations ; il faut les admirer, au contraire. Celui-là n'est pas un homme ordinaire qui, ayant sous la main toutes les facilités de l'existence, toutes les joies, tous les bien-être, s'inflige à lui-même le terrible supplice de Tantale, que Doré a subi.

* *
*

Nous qui, après avoir été ses contemporains, commençons à être pour lui la postérité, nous avons de quoi y composer un immortel dossier et lui faire une apothéose.

Pour cela, il suffirait d'évoquer tous les grands écrivains interprétés par sa collaboration pittoresque.

C'est un monument impérissable que cette collection d'illustrations tour à tour grandioses, contemplatives, fougueuses, narquoises, poétiques, grouillantes, solitaires, flamboyantes, éteintes... La gamme chromatique de la fantaisie et de l'imagination.

On a reproché encore à Doré de n'avoir jamais travaillé d'après la nature. L'accusation ainsi généralisée est fausse.

Ce qu'il y a de vrai, c'est que Doré demandait, pour ainsi dire, à la nature des consultations à

deux degrés. Il prenait des croquis partout, au
hasard du hasard, sur des bouts de papier, sur
des albums, n'importe. Cela lui faisait un trésor
de souvenirs, une caisse d'épargne d'études et
d'impressions.

Quand il se mettait à composer une toile, il
groupait par la mémoire tous les documents qui
vivaient dans sa pensée. Il aimait mieux revoir
par le souvenir que de voir immédiatement sous
les yeux. Que le système soit discutable, c'est
possible; mais il ne ressemble en rien à ce prétendu dédain de la vérité qu'on lui a attribué à
tort.

Pour soutenir une accusation semblable, il
faut n'avoir jamais vu les prodigieux croquis
qu'il rapporta de Londres. Dans ces dessins
enlevés en quelques coups de crayon, il y a une
vitalité merveilleuse. Le geste dit l'homme. Une
attitude révèle un personnage. Toutes les tor-
sions du corps humain sont prises sur le vif. Ce
serait le cas d'employer, si on ne l'avait tant
ridiculisée par l'abus, la fameuse expression :
Tout un monde !

Gustave Doré se livrait, en outre, à un travail de contemplation aussi singulier que fécond. Il aimait à se jeter au sein des mêlées humaines, à courir à travers les fourmillements des cohues, pour s'y imprégner en quelque sorte du mouvement des masses, qu'il faisait ensuite si bien grouiller sur le papier.

Une fois, je le rencontrai je ne sais plus à quelle fête populaire. Il regardait autour de lui avec une sorte d'avidité.

— Voyez-vous, me dit-il, l'œil est une chambre noire qui garde les empreintes. Ces entassements-là, pour l'artiste, c'est la foule aux œufs d'or !

Puis il ajouta :

— Le modèle, dans l'atelier, c'est de la vie figée, sans passion, sans sincérité. C'est de la figuration, ce n'est pas du réel ! Je cherche à me pénétrer ainsi de cet enlèvement bizarre, que je tâche ensuite de reproduire. Il n'y a qu'un seul bon modèle : c'est M. Tout-le-Monde observé sans qu'il s'en doute.

Voilà l'homme. Voilà la formule d'art qu'il avait. Est-ce là mépriser la nature ?

Je n'ajouterai rien à ces lignes, qui disent ce qu'on n'avait pas dit, je crois, et ce qu'il était nécessaire de constater.

Tout le reste est su, a été répété. Laissons dormir maintenant notre cher mort, qui est désormais classé définitivement parmi les survivants.

CLÉSINGER

Pour Clésinger, il y avait plus de passé que d'avenir.

Ce fut un artiste de transition. Il rompait avec les formules classiques, sans se ranger absolument sous la bannière du romantisme. Il avait de fougueuses aspirations vers un art nouveau, tout en restant asservi à de certaines traditions de chic.

Mais on ne peut contester chez lui le tempérament, puissant jusqu'à l'exubérance, ardent jusqu'à l'exaltation.

Un jour, la célébrité de Clésinger éclate à la façon d'une bombe. C'était en 1847.

Il expose sa *Femme piquée par un serpent*, à

laquelle on aurait pu appliquer, en l'intervertis-
sant,certain refrain populaire :

C'est pas du marbr', ça..., c'est d'la chair !

Le clan de l'Institut était encore tout-puissant
et fort hostile aux témérités du réalisme.

Quand on vit ce corps qui se tordait en palpi-
tant avec un soubresaut sensuel, les puristes se
voilèrent la face.

Gustave Planche, qui était pour le quart d'heure
le Jupiter de la critique, brandit ses foudres qui
faisaient tout trembler.

Mais Clésinger ne tremblait pas facilement. Il
vous secoua son Planche de main propre.

Ce qui explique cette intervention personnelle,
qui pourrait passer pour une atteinte au droit de
la presse, c'est que le farouche Gustave ne s'était
pas contenté d'attaquer. Il avait calomnié.

Vous vous rappelez, sans nul doute, l'aventure
du peintre Van Beers, accusé par un journal
belge d'avoir peint sur une photographie un de
ses plus délicats tableaux.

Planche formula une accusation analogue

contre Clésinger. Il prétendit que sa statue n'é-
tait qu'un moulage sur nature.

Un moulage ! Clésinger ne parlait de rien moins
que d'exterminer le diffamateur.

La scène de l'entrevue, que Clésinger racontait
avec sa verve, fut ultra-comique.

Planche, qui vivait assez piètrement, venait de
se lever et de se confectionner lui-même une tasse
de café au lait. Il trempait dedans sa première
mouillette, lorsque Clésinger entre comme un
ouragan.

Il expose sa requête en quelques mots.

— C'est bien, monsieur, je verrai...

Et il veut recommencer sa trempette.

Clésinger lui arrête le bras.

— Vous verrez... C'est tout de suite qu'il faut
venir avec moi.

— Impossible. Je ne sors jamais le matin.

Et il fait une nouvelle tentative pour tremper.

Clésinger le retient encore.

Ainsi de suite.

Finalement, Planche fut forcé de se rétracter.
Et le conflit, loin d'avoir nui, fut la plus précieuse

des réclames pour le sculpteur dont la notoriété s'esquissait.

* * *

Par malheur, les événements politiques se précipitaient. La révolution de 1848 éclata l'année suivante. L'attention fut déviée. Sans cette déviation redoutable, la renommée de Clésinger, si bien lancée d'abord, n'aurait peut-être plus eu qu'à se laisser faire.

Au contraire, elle passa par les plus étranges soubresauts.

En France, on tue un homme avec un bon mot.

Quelques années après, Clésinger, qui avait, comme il le disait lui-même, l'hystérie du travail et qui avait donné plusieurs œuvres de mérite, veut frapper un grand coup.

Il obtient la cour du Louvre pour y installer un *François I*er empanaché.

Et le hasard — funeste hasard — voulut que Joseph Kelm, le bouffon à la mode, eût alors popularisé un refrain qui courait les rues.

Il n'en fallut pas davantage pour perdre Clésinger et son roi.

Quelqu'un dit :

— Ça, François Ier ! Allons donc !... C'est le sire de Framboisy.

Le mot fit fortune. Une statue à la mer !

Le terrible, c'est que, quand le public a commencé à rire d'un nom, il est entêté dans son ironie, qui devient pour lui une seconde nature. Clésinger eut beau multiplier ses efforts, il y avait toujours le côté des railleurs pour l'accommoder à la vieille sauce Framboisy.

Il fit de tout : de la mythologie, de l'histoire, des animaux, des Diane, des César, des taureaux... de la peinture aussi. La vogue passée ne se ravivait pas.

Et cependant, quelle dépense de talent !

En ces derniers temps, il avait entrepris de faire revivre les généraux de la Révolution. Il avait réussi à trouver un accent très personnel pour ces évocations militaires. Il aura eu la douleur de laisser cette tâche inachevée.

Nul ne fut un laborieux plus persistant, plus

épris de l'atelier. Cela allait jusqu'à la frénésie. Sand l'appelait « le sculpteur enragé ».

Indiscipliné, primesautier, d'humeur inégale, Clésinger se fit beaucoup d'ennemis. Il s'en supposa beaucoup plus encore. C'était devenu un peu, chez lui, manie de persécution.

Aussi ses boutades avaient-elles une amère violence quand il se mettait sur le chapitre de l'ingratitude humaine.

Boutades qui auraient mérité parfois d'être recueillies, car elles arrivaient à la véritable éloquence. Ses ripostes arrivaient aussi à l'esprit véritable.

Il y eut entre lui et Préault une sorte de duel au quolibet qui dura un certain temps. Préault était un railleur de profession, qui se répandait plus en théories qu'il ne brillait dans la pratique. Toujours il préméditait quelque œuvre colossale dont il vous donnait le plan ; mais il perdait tant de temps à pérorer de ci et de là que le plan avortait presque toujours.

Clésinger, qui savait que l'autre ne le ménageait pas, condensa toute sa rancune dans un coup droit.

Comme on parlait de Préault devant lui:

— Laissez-moi donc tranquille avec votre Préault, fit-il.... Un homme qui sculpte ses mots et qui parle ses statues !

Touché.

*
* *

En 1870, Clésinger se souvint qu'il avait été militaire et qu'il avait porté la cuirasse en sa jeunesse.

Il s'enrôla dans un corps de volontaires.

Nous avons dit son exubérance. Elle se révéla encore en cette occasion. On ne rencontrait que lui, chaussé de bottes de sept lieues et promenant, avec des allures d'ogre, un sabre de taille colossale.

Il n'avait pas perdu le goût du panache, révélé par son *François I*er.

C'était son défaut. C'était aussi, en certains cas, sa qualité. Personne n'eut plus que lui le sentiment décoratif.

12.

Sa dernière victoire artistique fut sa *Phryné devant l'Aréopage*, un morceau de maître .. ou d'élève de Phidias.

Clésinger n'appartenait pas à l'école moderne, si originale, si féconde, si sobrement savante. Il n'avait pas l'étude patiente, le faire simple des Mercié, des Dubois, des Chapu. C'était une individualité procédant par bonds et par chutes, — mais une individualité d'une valeur incontestable et qui laissera, avec preuves à l'appui, une mémoire digne du respect artistique.

ADOLPHE ADAM

On a repris *Giralda* à l'Opéra-Comique. Le nom d'Adolphe Adam, un peu délaissé, a trouvé là un regain d'actualité qui a rappelé l'attention sur un des plus français de nos compositeurs.

Quelqu'un a dit de lui qu'il fut l'Alexandre Dumas de la musique. Le rapprochement n'est pas sans justesse. Même brio spirituel, même veine intarissable, même production sans fatigue.

Il faut ajouter, hélas ! même dédain, chez certains prétentieux, pour ce talent qui se donnait sans s'économiser.

Adolphe Adam se rendait compte lui-même du préjudice que lui portait cette facilité auprès des abstracteurs de quintessence.

« Il y a des gens, écrivait-il dans une lettre spirituelle comme toutes celles qui sont sorties de sa plume, qui n'apprécient que l'effort, quel que soit le résultat. Un fœtus venu au monde avec accompagnement de forceps les intéresse plus qu'un enfant valide et bien constitué qui a fait son entrée tout naturellement. »

Rien de plus vrai. Si Adam s'était maniéré, contourné, s'il n'avait donné qu'à intervalles savamment espacés ses œuvres charmantes, il aurait obtenu la vénération de bien des gens qui le méconnaissent.

On a pu voir, à cette reprise de *Giralda*, quelles ressources ingénieuses ce maître mettait au service d'une inspiration toujours claire, toujours mélodique.

> Ses malheurs n'avaient pas abattu sa fierté,

a dit Racine.

Les épreuves que venait de traverser Adolphe Adam n'avaient ni abattu son courage ni tari sa verve. Et pourtant quelle vie il venait de mener, à travers les péripéties lugubres d'une débâcle commerciale ! L'effondrement du Théâtre-Lyrique aurait terrassé tout autre. Persécuté, traqués, ruiné, il n'avait pas un seul instant interrompu son labeur opiniâtre.

Dans une autre lettre à un de ses amis, il disait :

« Je n'écris plus maintenant mes partitions que sur papier timbré. Je viens encore tout à l'heure d'achever un duo au dos d'une assignation d'huissier. »

Il feignait de rire, mais il souffrait cruellement. Jaloux de payer les énormes dettes sous le poids desquelles cette entreprise l'écrasait, il s'était imposé une tâche surhumaine. La mort ne tarda pas à mettre le point final.

La rupture d'un anévrisme le surprit pendant la nuit. Le coup fut foudroyant. Mais il ne fut pas imprévu.

A ce même ami, peu de jours auparavant, il avait, dans un billet intime, fait part de ses appréhensions sur un dénouement prochain :

« Je ne me sens pas bien. Mais c'est justice

après tout. Qui a vécu par le cœur doit périr par
le cœur. »

Et il avait, en effet, vécu par le cœur, cet excellent homme toujours prêt à se dévouer, toujours heureux d'être utile.

Un trait entre cent autres vous donnera la mesure de sa bonté. J'en tiens le récit de celui même
qui en fut l'objet.

C'était un musicien, arrivé de province sans
ressources. On lui avait dit là-bas qu'il avait du
talent. Il était venu, sur la foi de cet oracle, et
avait frappé à la porte d'Adolphe Adam pour lui
montrer ses premiers essais.

— Il y a quelque chose là, lui avait dit Adam.
Vous serez mon élève. Je vous attendrai demain
matin pour la première leçon, car vous avez encore à apprendre beaucoup.

Le lendemain et les jours suivants, le professeur fut aussi exact que l'élève. A la fin du mois,
le musicien recevait une lettre. Elle contenait
trois billets de cent francs, avec ces mots :

« Mon cher enfant, je connais votre situation.
Acceptez donc, comme d'un père, ces quelques

écus. C'est mon prix, d'ailleurs. Je ne donne pas de leçons à moins de vingt francs. »

Évidemment un tel homme ne pouvait faire qu'un mauvais calculateur et qu'un commerçant déplorable.

———

ROLLE

Celui-ci est mort après avoir déjà été enterré de son vivant dans cette fosse commune qu'on appelle l'oubli.

Rolle ne figure même pas dans les dernières éditions de certains dictionnaires des contemporains. On l'avait rayé, croyant sans doute qu'il n'était déjà plus de ce monde.

Cet homme pourtant fut de ceux qui remplirent Paris de tapage à un certain moment, de ceux qui occupèrent une place en vue dans la pléiade littéraire de 1830.

Non pas qu'il y marchât en premier rang, mais sa critique était de celles qui avaient du poids dans tous les sens du mot.

A l'heure de la grande bataille romantique,

Rolle n'était pas parmi les assiégeants. Il était, au contraire, parmi les défenseurs de la vieille forteresse classique.

Et, dame ! comme on tapait ferme alors, il reçut un certain nombre de horions cuisants.

Il est vrai qu'il les rendit quelquefois avec succès. Par exemple, lors de sa grande querelle avec Jules Janin, qu'il houspilla d'assez verte manière.

Rolle faisait un contraste curieux avec les fantaisistes de l'école nouvelle. O Buffon ! tu aurais triomphé, toi qui as professé que le style c'est l'homme.

Tandis qu'en effet les émancipateurs affectaient de revêtir des costumes d'un pittoresque débraillé, Rolle, toujours correct, méthodique dans sa mise, avec des allures de professorat, était bien l'antithèse qu'il fallait en regard des vareuses indépendantes et des gilets rouges audacieusement arborés.

C'était un des lundistes autorisés, et dans ce temps-là les lundistes étaient des puissances avec lesquelles il n'y avait point à plaisanter.

*
**

On pourrait écrire une curieuse étude sous ce titre : *Grandeur et décadence de la critique théâtrale en France.*

Nous avons encore vu les restes de cette grandeur-là. Nous avons assisté au commencement de cette décadence.

C'est au foyer de l'Odéon, les soirs de première, qu'on passait le mieux en revue le bataillon sacré.

D'abord, dominant tout son monde de sa haute taille, Fiorentino, dont un de ses ennemis disait : « C'est le Parisien le plus spirituel qui soit jamais né à Naples. » Fiorentino, étrange de visage et de démarche. Un colosse au teint blême, avec des regards inquiets qui se promenaient toujours d'interlocuteur en interlocuteur. On sentait en lui un homme sur le qui-vive. Il avait été en butte à tant d'attaques, après avoir tant attaqué lui-même !

Se redressant de toute sa stature gigantesque, déjà fatigué, mais ne voulant pas s'avouer vaincu par le mal qui le minait, Fiorentino, avec son ac-

cent italien, jetait à droite et à gauche quelques
mots mordants, puis s'empressait de regagner sa
loge, ne voulant pas s'exposer au choc imprévu
de quelque hostilité trop bien renseignée sur ses
faits et gestes.

A côté, le coude sur le marbre, Théophile
Gautier, à la tête léonine et marmoréenne.

Ses longs cheveux pendant sur le col de son
habit, impassible comme un homme qui plane
au-dessus des mesquineries contemporaines,
Gautier parlait peu. Écoutait-il davantage ? Il en
avait l'air ; mais le vrai, je crois, c'est qu'il son-
geait à autre chose.

Plus pétulant, malgré sa concentration, appa-
raissait Paul de Saint-Victor. Il ne se livrait pas
facilement ; mais si la pièce, par quelque bour-
geoisisme trop exagéré, l'avait poussé à bout,
c'était une charge à fond qui faisait le moulinet
avec les mots, étincelant sous le lustre comme la
latte du cuirassier sous le soleil.

Puis, soudain, Paul de Saint-Victor se refer-
mait hermétiquement, jusqu'à un nouvel embal-
lement...

Dans les jambes de Fiorentino, où il se perdait comme un nain, Édouard Fournier, son chapeau sous le bras, montrant ce front énorme qui semblait écraser une toute petite figure et qui fit dire à un descriptif : « C'est le dôme des Invalides sur un entresol. » Édouard Fournier parlait peu, mais c'était toujours pour découvrir dans l'œuvre représentée ou un anachronisme, ou un pastiche, ou une erreur historique, ou une analogie littéraire. Son érudition se lançait tout de suite sur les bonnes pistes. Malheur à qui la mettait en chasse !

Là encore j'aperçus Janin, qui n'était plus qu'un ventre, auquel les jambes refusaient le service. Il se traînait péniblement, soutenu d'un côté par une canne, de l'autre par un bras, de sa loge jusqu'à la banquette du foyer, sur laquelle il se laissait tomber lourdement, s'adossant à la balustrade pour trouver l'équilibre de cet abdomen envahisseur.

Quelques rares cheveux frisaient encore sur ses tempes. Son gros cou, surmonté de plusieurs mentons, était invariablement serré dans une cra-

vate blanche à laquelle venait affleurer un gilet
de soie noire, boutonné jusqu'en haut.

. Janin, qui avait été si longtemps proclamé
prince de la critique, n'avait déjà plus pour cour
que quelques petits jeunes gens qui espéraient
se faire remarquer en affectant auprès de lui une
intimité empressée. Son essoufflement ne lui per-
mettait pas de répondre à leurs adulations autrement que par des monosyllabes pénibles. C'était
une ruine, hélas ! et une ruine encombrante.

Ruine aussi, mais de sémillante allure, Nestor
Roqueplan, qui feuilletonnait par intervalle, promenait de groupe en groupe son dandysme dou-
teux et son esprit parfaitement authentique. On
était sûr de retrouver le lendemain dans quelque
chronique la dernière boutade de cet infatigable
pourvoyeur.

Ils sont morts, ceux-là ; ils sont morts tous.

Qui survit ? Je ne vois guère que mon excellent ami Édouard Thierry, le fin lettré, le délicat,
dont la discrète modestie ne se mêlait jamais à
ces effervescences tapageuses.

Il est quasiment seul aujourd'hui à représenter,

dans le lundisme défaillant, les traditions du bien
dire. Il a gardé l'art de la courtoisie jusque dans
la sévérité. Il sait encore être un enseigneur, alors
qu'on ne demande plus aux autres que d'être des
renseigneurs.

*
* *

Rolle, à l'époque dont je parle, allait prendre
sa retraite, s'il ne l'avait prise déjà. Cette retraite
ne laissa point un grand vide, Rolle ayant été
toujours plutôt un pédagogue qu'un critique. Il
touchait juste parfois, mais toujours il touchait
lourd. Si bien qu'on lui en voulait souvent d'avoir
raison, tant il y mettait de mauvaise grâce.

Car les juges étaient jugés à cette époque.
Chaque fournée du lundi était comme un événement littéraire qu'on attendait, qu'on commentait.
Tel feuilleton avait un retentissement d'un mois,
d'une année même. Un seul suffit parfois à popu-
lariser un nom.

Nous avons, ma foi ! bien d'autres martels en
tête, nous, les névrosés, nous, les ahuris de 1885.

Je vous demande un peu ce que pèseraient un

article, cent articles de Rolle dans la balance où l'actualité entasse les tumultes parlementaires et les tumultes de la rue, les scandales mondains et les procès à fracas.

Et cependant, sous Louis-Philippe — surtout dans la première moitié du règne — le Parlement avait aussi ses rages, la rue avait aussi ses déchaînements. Mais on trouvait toujours moyen de faire la part du feu et l'on n'en gardait pas moins le souci du dilettantisme lettré et artistique.

C'est fini.

Nous ne goûtons plus rien. Nous goinfrons.

Il nous faut au restaurant le plat du jour bâclé d'avance et avalé à la diable. Il nous faut, dans le journal, le compte rendu enlevé à la minute et lu à la seconde.

Ce brave Rolle, qui assista du rivage à la transformation de nos mœurs intellectuelles, a dû se féliciter plus d'une fois de s'être mis de bonne heure hors de la bagarre.

LE VERRIER

Un type vraiment étrange!

Ne portant pas de barbe, d'un blond qui flot-
tait entre le roux et le blanc, avec des yeux qui
clignotaient dès que la lumière était un peu vive,
M. Le Verrier disait lui-même en riant (quand
par le plus grand des hasards il lui arrivait de
rire) qu'il n'était qu'un albinos manqué.

La figure, uniformément colorée, n'avait ni at-
trait ni accent. Elle aurait désespéré un peintre
par sa vulgarité antipathique, et jamais, à coup
sûr, on n'aurait deviné sous cette enveloppe ba-
nale l'homme illustre, malgré ses défauts, dont
la renommée a encore dépassé le mérite.

Peu de temps après le siège, j'eus l'occasion de
dîner chez un ami commun avec M. Le Verrier.

13.

Déjà voûté et affaibli, il luttait contre la maladie
qui devait l'emporter. L'estomac lui causait parfois d'intolérables souffrances ; mais il avait à ce
sujet des théories et des pratiques très bizarres
pour un savant.

Quand il sentait que son déjeuner lui pesait,
il se hâtait d'absorber un second repas copieux,
pour faire descendre l'autre, disait-il. A diverses
reprises ce système d'accumulation faillit l'emporter, à la suite d'une indigestion formidable.

Si je donne ce détail intime, c'est qu'il peint
l'homme tout entier.

Tel était bien, en effet, M. Le Verrier. Il n'ad-
mettait aucune résistance — pas même de la
nature. Et toujours il s'imaginait venir à bout des
obstacles en forçant l'obstination.

D'où ses innombrables querelles avec tout le
monde savant ; d'où la quantité d'ennemis acharnés qu'il s'était mis à la caisse d'épargne.

Dans la conversation même, il ne pouvait
tolérer une contradiction sur un sujet futile. Au
dîner dont je parlais plus haut, un débat s'enga-
gea entre lui et un artiste, à propos de la chose.

du monde la plus insignifiante. Il n'en fallut
pas davantage pour le mettre hors des gonds, et
du premier coup il en vint aux mots les plus
amers.

A l'Observatoire, on l'avait plaisamment sur-
nommé « le Télescope à épines ».

Tout cela n'empêchait pas la valeur très réelle
de l'homme.

A l'époque où M. Thiers le replaça à la tête
de l'Observatoire, il y eut un *tolle* général. Un
personnage des plus influents alla même à Ver-
sailles trouver le chef de l'État pour lui représenter que la mesure prise allait faire rejaillir jusqu'à lui l'impopularité de l'astronome.

M. Thiers ne broncha pas.

— Vous avez raison, et je n'ai pas tort, ré-
pondit-il. Vous détestez le dehors, j'apprécie le
dedans.

M. Le Verrier fut maintenu.

* *

J'ai eu la curiosité de remonter aux origines
de sa célébrité.

J'ai feuilleté les journaux de 1846, époque où il annonça à l'Académie la découverte, par le calcul, de la planète « Neptune ».

On se tromperait étrangement si l'on s'imaginait que les affirmations de M. Le Verrier furent accueillies comme parole d'évangile.

Ce fut de toute part un déchaînement de quolibets. Nouvelles à la main, quatrains, couplets de revues, turlupinèrent à qui mieux mieux l'inventeur de planètes.

On joua sur plusieurs théâtres des à-propos où M. Le Verrier, en costume de Mathieu Laensberg, recevait une pile de calembourgs sur le dos et chantait des rondeaux de circonstance.

Les journaux satiriques mêlaient la politique à ce vacarme.

« Puisque M. Le Verrier, disait l'un, trouve moyen d'y voir dans les ténèbres, il devrait bien chercher à découvrir ce que nos ministres peuvent faire des fonds secrets. »

« On invente tous les jours des planètes, disait un autre. Des astres sur désastres. »

Et ainsi de suite.

Tout cela n'était ni bien spirituel, ni bien méchant.

Tout au contraire, il faut constater que M. Le Verrier a dû son renom exceptionnel à cette avalanche de railleries. Le ridicule, loin de tuer, comme on le prétend, est un vulgarisateur de premier ordre.

Grâce à ces boutades, le nom de Le Verrier, inconnu la veille, commença dès le lendemain à être propagé. Si la découverte du savant était restée dans les hautes et placides sphères du monde académique, il aurait poursuivi obscurément des travaux appréciés seulement d'un public spécial et restreint.

Ajoutons que l'on ne fut pas fâché alors de chercher à opérer, grâce à la planète Le Verrier, une diversion qui pût distraire un moment l'opinion publique, déjà fort menaçante.

Bref, M. Le Verrier eut toutes les chances.

Ce qui faisait dire à un de ses collègues de l'Institut :

— Ce Le Verrier! quel drôle de caractère! La

fortune lui a toujours souri et il ne lui a jamais
rendu un seul de ses sourires !...

Mais aujourd'hui on ne doit plus se souvenir
que de l'éclat que les recherches patientes de ce
prodigieux calculateur ont jeté sur la France.

Les hommes passent, les œuvres restent.

LAFERRIÈRE

Ce ne fut pas seulement de la tristesse, mais une sorte de stupéfaction, que causa la nouvelle de la mort de Laferrière.

Laferrière?... Impossible!

On s'était habitué, en effet, à considérer presque Laferrière comme un immortel. Il portait avec une telle gaillardise le poids de ses soixante-quinze ou quatre-vingts ans, que l'invraisemblance de cette verdeur attardée avait fini par rendre invraisemblable pour lui la mort elle-même. On le voyait encore le soir aux premières représentations, promenant dans les couloirs sa phénoménale jeunesse, dont malheureusement le secret n'a jamais été mis en fiole, quoi qu'en disent les réclames.

Il poussait la coquetterie jusqu'à s'arrêter volontiers en plein jour pour causer avec vous, et se posait crânement dans un rayon de soleil comme pour vous dire :

— Allons, examinez-moi à votre aise !

Laferrière savait, en effet, quelle curiosité d'espèce particulière il provoquait depuis plusieurs années déjà. Aussi prenait-il un malin plaisir à jouir de l'étonnement que suscitaient les examens dont je parle :

— A quoi bon vivre longtemps, disait-il, si l'on n'a obtenu qu'un supplément de vieillesse ?

Lui, c'était bien un supplément de jeunesse qu'il avait en partage. Et pourtant je ne pouvais, quant à moi, me défendre d'une impression de mélancolie, quand je trouvais sur mon passage ce survivant de sa génération.

Car, à le voir, je songeais toujours à ce que peut contenir d'angoisses ce mot « vieillir » pour l'artiste qui a été voué, pendant toute une carrière, aux jeunes premiers rôles.

Je ne crois pas qu'il y ait de souffrances plus poignantes que celles qu'endure l'acteur contre qui son miroir dépose chaque matin, constatant, malgré tous ses efforts, les faux en maquillage public.

Chaque ride devient une douleur, chaque cheveu gris un désespoir.

Terrible épreuve que cette décadence qui dit au temps, comme la Dubarry à Sanson :

— Encore une petite minute, Monsieur le bourreau !

Laferrière, il faut le reconnaître, n'a guère pu connaître ces anxiétés-là !

Il était immuable.

Quand on pense qu'à l'époque où il joua *l'Honneur et l'argent* (lointain souvenir), il frisait la soixantaine !

En ce temps-là, Ponsard, l'auteur de la pièce, qui avait trente et quelques années à peine, paraissait certes plus vieux que son surprenant interprète.

Trop surprenant même, ainsi que l'atteste une anecdote parfaitement authentique.

C'était au moment des répétitions de la pièce.

Laferrière, tout à fait empoigné par le beau rôle de Georges, dont il devait faire son plus éclatant succès, se laissait aller avec une telle fougue à sa passion, que Ponsard en fut véritablement effrayé.

Il y avait surtout la scène célèbre où Georges apostrophe, dans une sorte d'hallucination, des personnages imaginaires, qui était rendue par l'artiste avec une *furia* incroyable.

Il avait une façon terrifiante de dire :

— Vous, monsieur, qui avez volé par-ci... Vous, qui avez vendu votre honneur... Vous...

Ponsard s'en fut trouver Altaroche, qui dirigeait alors l'Odéon.

— Qu'y a-t-il, mon cher Ponsard ? fit Altaroche en voyant l'air soucieux du poète.

— Je suis inquiet... Laferrière...

— Est-ce qu'il ne vous paraît plus de force à enlever son rôle ?

— Lui... Il est admirable... Mais trop jeune !

Altaroche transmit le reproche à l'acteur, qui promit de se contenir.

Mais, va te promener! A la première, il n'y tint pas. La salle était justement remplie de notabilités plus ou moins véreuses qu'avait fait éclore l'avénement du second empire.

Laferrière entama la fameuse tirade en ayant positivement l'air de désigner du geste et de la voix tel et tel assistant. La salle faillit crouler sous les applaudissements.

Seulement, le lendemain, la censure fit signifier que si Laferrière jouait encore une seule fois la scène ainsi, on interdirait la pièce.

Le « trop jeune » avait eu raison.

* *

Une des créations les plus remarquables du comédien fut *Elle est folle.*

Tout le monde connaît ce drame étrange tiré des *Mémoires d'un médecin,* roman anglais que Philarète Chasles fit connaître en France.

Laferrière y remplissait le rôle d'un fou dont la monomanie calme consiste à accuser précisément sa propre femme de folie.

L'artiste, toujours consciencieux, avant de composer ce personnage d'une saisissante bizarrerie, résolut d'étudier sur nature les « fous raisonneurs ».

A cet effet, il alla plusieurs fois à la maison de santé de la barrière du Trône. Celle où le pauvre Donizetti finit gâteux!

Là, Laferrière épiait les gestes, les attitudes, les expressions de visage d'un aliéné dont le cas se rapprochait tout spécialement de la donnée d'*Elle est folle.*

Mais voilà qu'un jour un gardien nouveau le trouve dans un couloir où il répétait les mouvements de bras et les intonations dont il avait besoin.

Le nouveau gardien, sans hésiter, le prend pour un pensionnaire, et l'attrapant par le bras :

— Allons, monsieur, c'est l'heure de la douche.

— Comment! de la douche!... Je ne suis pas fou, moi !

— Parbleu!... Tous les mêmes.

Et, sans prendre garde aux protestations de

Laferrière, voilà qu'il l'entraîne vers la salle où l'on arrosait les patients.

Heureusement le directeur vint à passer et délivra Laferrière au moment où le gardien inflexible l'avait débarrassé de son gilet et de sa redingote.

Il était temps!

C'est la paralysie qui est venue frapper, à l'improviste, celui que tant de maladies avaient épargné.

Il sera tombé, pour ainsi dire, au champ d'honneur. Il allait partir pour une tournée en province et devait jouer à l'Odéon dans une pièce de Dumas.

LACHAUD

Qui ne connaissait, à Paris, cette figure d'une sympathique étrangeté? Mais pour la voir dans son véritable cadre, il fallait aller au Palais. Chaque matin, Lachaud arrivait, la toque légèrement inclinée sur l'oreille, dans sa robe « par la victoire usée », portant allègrement sous le bras une serviette bourrée de paperasses. Sa large figure s'épanouissait en un sourire avenant, faisant fête à tous et tous lui faisant fête.

Bien curieux à étudier, ce visage dont la symétrie était bizarrement dérangée par l'incertitude d'un regard irrégulier. Autour du front, largement développé, quelques mèches d'un blond grisonnant s'éparpillaient avec indiscipline. Le teint était frais alors, car le mal n'avait pas encore exercé ses ravages. La voix sonnait gaiement dans les propos semés de droite et de gauche. Le nez avait de la finesse, mais c'est la bouche surtout qui était caractéristique. D'un dessin particulièrement fin, avec des recoins où se logeait la malice, elle faisait, avant même d'avoir parlé, pressentir par un plissement ou par un frémissement ce qu'elle allait dire.

Avec cela, dans tout l'ensemble et malgré la malignité de l'expression, une empreinte de bonté qui ne trompait pas en annonçant un homme d'un cœur largement ouvert.

Il y avait, en effet, ceci de très personnel en Lachaud, qu'il prenait vraiment parti pour ceux qu'il défendait. Ce n'était pas seulement affaire d'orgueil professionnel. Il arrivait à se persuader de l'innocence de son client. Et quand il avait affaire à quelque forfait indéniable, il n'en mettait pas moins d'ardeur à défendre la tête du coupable, ardeur qu'un jour il justifiait ainsi, à propos d'un grand criminel :

— Si je le sauve, je lui aurai au moins donné le temps de se repentir.

*
* *

Dès le début de sa carrière, il se révéla tel qu'il devait être jusqu'à la dernière heure.

Il se dévoua éperdument à la défense de Mme Lafarge, dont il soutint jusqu'au bout la complète innocence.

Croire étant le plus efficace moyen de faire croire, nul ne devait compter de plus belles victoires oratoires sur ce terrain si pathétique de la cour d'assises, où la plupart des combats sont des combats pour la vie.

On l'a dit et c'est vrai, — car lui-même le contait volontiers — son premier soin était, quand il commençait une plaidoirie, de chercher parmi les jurés celui dont l'attitude pouvait déceler l'hostilité la plus résolue. Celui-là, il ne le quittait presque plus des yeux. C'est sur lui qu'il mesurait la portée de sa dialectique, redoublant d'efforts acharnés jusqu'à ce qu'il eût surpris un involontaire témoignage d'acquiescement.

Ce qu'il y avait de tout à fait prodigieux dans ses plaidoyers, c'est que jamais il n'omettait un argument, si mince qu'il pût être, du moment où cet argument devait peser d'un poids quelconque dans la balance.

D'abord les grandes lignes de la cause. Puis les menus faits. C'est ce qu'il appelait « ramasser les miettes ». Et souvent ces miettes-là finissaient par avoir l'importance décisive, tel petit détail entrant plus profondément dans l'attention du jury que les raisonnements de plus vaste envergure.

Par exemple, avec lui les témoins hésitants ou confus n'avaient pas beau jeu.

Quel curieux spectacle que d'observer Lachaud pendant qu'ils défilaient à la barre !

Il était positivement en arrêt, épiant avec une infatigable vigilance la plus légère contradiction et sautant sur un mot imprudent comme sur une proie.

Où peut-être il déployait les plus étonnantes ressources, c'est quand l'accusation gagnait du terrain et qu'il sentait s'accroître le péril.

Je me souviendrai toujours de Lachaud dans l'affaire La Pommeraye.

A mesure que l'on avançait dans le débat, le médecin empoisonneur était enlacé dans un réseau plus étroit de preuves ou tout au moins de présomptions. Mais l'ingéniosité de l'avocat se multipliait pour faire face aux difficultés d'une tâche devant laquelle un autre aurait eu quelque défaillance.

On ne saurait pousser plus loin l'habileté opiniâtre.

De ce talent incomparable, il ne reste plus que le souvenir. L'avocat, comme l'acteur, ne laisse après lui qu'un nom... *Verba volant!...*

A MITRAILLE

14.

A MITRAILLE

Voici un trait de mœurs littéraires qui peint Octave Feuillet, qui dit sa modestie sincère, son effort de bien faire et sa simplicité.

La *Revue des Deux-Mondes* lui avait demandé un roman.

Il envoya la première partie de *Monsieur de Camors.*

Vous vous rappelez cette première partie? Une merveille d'audace et de vigueur.

En l'envoyant au directeur de la *Revue,* Octave Feuillet lui adressait une lettre qu'il a peut-être oubliée, mais qui m'a paru tout à fait touchante.

Une lettre où il lui disait :

« Voici ce que j'ai fait. J'ai écrit d'un seul jet. Je ne sais pas du tout ce que cela vaut. Lisez. *Si c'est mauvais, je recommencerai.* »

Eh bien, moi, je trouve ce : *Je recommencerai* tout simplement admirable.

C'est la preuve d'une conscience qui fait passer avant tout le souci de bien faire ; c'est l'honnêteté professionnelle alliée à la volonté artistique.

On a envie tout de suite de serrer la main qui a tracé ces lignes.

Ils ont quelquefois de l'esprit, nos honorables.

Je passais, la veille de la rentrée des Chambres, dans la salle des Pas-Perdus.

Dans un groupe, des députés causaient.

— Moi, faisait l'un d'eux, je ne m'en cache pas, j'aime le ministère !

— Voyons, mon cher ami, gazez !...

Au cercle :

— Tiens, voilà Gontran. D'où reviens-tu encore ?

— De Bretagne.

— Ah ! tu es allé faire visite à l'oncle à héritage de ta femme ?

— Hélas !

— Comment, hélas !

— Un roc, mon cher... Il est capable de vivre
cent ans.

— Pauvre Gontran !... Alors on t'a annoncé
des espérances, et ce n'étaient que des illusions !

Heilbuth est un des pinceaux les plus délicats
de ce temps.

Habite rue La Rochefoucauld. Atelier confor-
table, mais sans raffinements de luxe et de mise
en scène. Heilbuth n'appartient pas à l'école du
quartier Monceaux, où tout n'est que festons,

où tout n'est qu'astragales. C'est un atelier de travail et non un atelier de faire que le sien.

La moindre de ses aquarelles fait prime et est disputée par les marchands. Que dis-je ? le moindre de ses dessins. A tel point qu'on raconte ceci :

Un de ces marchands vient un jour le visiter pour acheter une de ses toiles. Il n'en restait aucune à vendre. Le marchand s'en allait, oreille basse.

— Quel est, demande-t-il en partant, le plus court chemin pour aller rue de Chabrol ?

— Vous prenez à gauche, puis la seconde à droite, puis...

— Jamais je ne m'y reconnaîtrai.

— Attendez, je vais vous tracer le plan.

Heilbuth fait quelques traits de plume sur le papier.

— Voici !

— Merci, cher maître... Dites-moi, si vous vouliez signer ceci, je le vendrais bien cinq cents francs pour l'Amérique !

Nous tous, chroniqueurs, nous passons notre vie à fabriquer des mots pour le compte de personnalités en vedette.

Or, c'est, la plupart du temps, avec ces mots-là que se fabriquent les prétendus *Mémoires*, qui les prennent de seconde main, en les tenant pour authentiques.

L'autre soir, à dîner chez Pailleron, on citait un exemple fort curieux de ce démarquage historique.

Il y a longtemps déjà de cela, car c'était à l'époque des ascensions de Nadar. Le photographe aéronaute s'était enlevé en Belgique. Jules Claretie raconta dans un courrier que le roi Léopold, qui était présent au départ, s'était approché et avait dit :

— Monsieur Nadar, tâchez de vider vos sacs de lest avant de franchir la frontière, car vous savez que j'ai juré de faire respecter l'intégrité du territoire.

Le mot était joli : aussi fit-il fortune. Mais le plaisant de l'aventure, c'est qu'il est entré dans l'histoire et qu'on le trouve maintenant dans toutes les biographies sérieuses du roi des Belges.

On parle beaucoup d'incohérents aujourd'hui.

Un des plus drôles est le peintre X...

Chaque jour il imagine de nouvelles combinaisons excentriques.

Sa dernière invention, c'est la « langue économique ».

X... prétend qu'en cherchant, on peut condenser la pensée en une foule de néologismes à deux coups.

Exemple :

On annonçait, devant lui, un accident arrivé à un enfant écrasé à Auteuil sous les rails de l'omnibus américain.

Et X... gravement de s'écrier :

— Quel dramway !

Il y a des médecins austères. Il y en a de folâtres...

C'est le cas du docteur B...

Il a toujours des euphémismes pour les circonstances lugubres.

L'autre jour, il voit arriver chez lui un neveu à héritage, dont il a soigné l'oncle — qui en est mort.

Et d'un ton jovial :

— Ah ! ah ! mon gaillard !... Vous venez me faire votre visite de digestion !...

Il faut avouer que la filouterie est une science toujours en progrès.

Quel joli vol que celui de cette femme de chambre qui s'en va tranquillement chez le fabricant qui a vendu un coffre-fort à sa maîtresse, lui demande, au nom de celle-ci, un ouvrier pour forcer la serrure dont elle a oublié le mot,

15

assiste tranquillement à la petite opération, remercie, prend tout l'argent, toutes les valeurs,
et s'en va en fredonnant!

On n'avait pas pensé encore à ce truc d'une
ingéniosité ingénue — ou d'une ingénuité ingénieuse, comme vous voudrez.

Cette aventure authentique me remet en mémoire une mémorable réponse d'un prévenu qui
passait devant la police correctionnelle, il y a
deux ou trois ans.

On lui avait demandé sa profession.

Il avait répliqué :

— Auteur dramatique.

Puis on avait passé à l'objet même de la poursuite : une escroquerie machinée, ma foi, avec
une habileté si exceptionnelle que le président, à
un certain moment, ne put s'empêcher d'en faire
la remarque.

— Votre procédé, dit-il à l'accusé, fait honneur à votre imagination.

— Eh bien, monsieur le président, fit l'autre
avec amertume, c'était dans une pièce qu'on m'a
refusée.

Une page d'album.

On dit toujours :

Il pleut.

Il gèle.

Il fait chaud.

Il tonne.

Qui *il?* Voilà la question.

Un mot profond d'épicurien :

Un viveur à toute bride que le baron de Z...
Il a mené sa jeunesse si rondement qu'arrivé à
la trentaine il se sent fourbu. Il a laissé un peu
de ses cheveux par-ci, il a pris un peu de ses
rides par-là.

Dernièrement, après s'être regardé devant sa
glace, où il s'était vu jaune et éreinté :

— Décidément, fit-il, c'est mal arrangé. Pour
que la vie durât longtemps, il faudrait commencer par être vieux.

Il y a des enfants terribles de tous les âges, témoin une petite Parisienne de dix-huit ans qui a fait bien rire dans un salon où l'on causait de littérature contemporaine.

Notre ingénue, se jetant étourdiment au travers de la conversation :

— C'est drôle, maman ne me défend que les livres qu'elle lit !...

Les exigences des domestiques vont tous les jours en croissant.

Un exemple de plus :

Un de nos amis avait besoin d'un valet de chambre. Il se présente un grand gaillard d'apparence parfaitement robuste.

On entre en pourparlers, et les conditions paraissent agréer au candidat.

L'accord se fait sur la question des gages et sur tout le reste. L'affaire semble donc conclue.

Mais au dernier moment, le postulant, introduisant une nouvelle requête :

— J'ai oublié de faire part à Monsieur d'une clause...

— Ah ! laquelle ?

— J'ai tous les ans besoin d'un congé de vingt-cinq jours.

— Ah ! pourquoi ?

— Pour aller prendre les eaux.

Un amusant anachronisme dans un drame en vers que vient de publier un jeune poète, faute d'avoir pu le faire représenter.

Cléopâtre est l'héroïne de ce drame, intitulé — par allusion sans doute à l'aspic de la fin — *Les Deux Serpents.*

Et à un moment donné, s'adressant à celui qu'elle entraîna à sa perte, elle lui décoche tendrement ce vers :

Antoine, par tes yeux je suis *magnétisée !...*

Qu'en pense l'ombre de Mesmer ? Pouvait-il jamais soupçonner que le magnétisme remontât si haut?

. Un journal citait l'autre jour un spécimen de ces mémoires fantaisistes que confectionnent certains métiers.

Nous avons vu un document de ce genre qui contenait des beautés équivalentes.

C'est un mémoire de jardinier.

On y lisait :

— Pour avoir planté six touffes dans les massifs : trente-sept heures, à quatre, 18 fr. 50 c.

— Repos nécessaire à la suite de ce travail pénible : deux heures, à quatre, 4 francs.

— Pour juger l'effet de ces plantations dans les diverses parties du jardin, deux heures, 4 francs.

Eh ! mon Dieu ! ne riez pas trop.

N'est-ce pas le pendant de certaines notes de médecins aux audacieuses exigences?

De médecins tels que le docteur X..., qui rencontre un jour au bain froid un de ses clients.

On échange dans l'eau un :

— Bonjour... Vous allez bien ?

— Pas trop... Un peu mal à la tête.

— Le bain vous enlèvera ça.

Et deux mois après, sur le relevé des soins de l'année, le client lisait :

« Consultation à l'école de natation, 40 francs. »

Gavroche est pittoresque parfois.

Savez-vous comment il appelle la calotte de velours sous laquelle les bourgeois vénérables dissimulent leur calvitie ?

Une « genouillère ».

Henry Monnier, au temps de sa verve fantaisiste, exécutait volontiers une plaisanterie qui ne manquait jamais son succès.

Quand on devait tirer une loterie, il se trouvait dans la salle et, à la proclamation du numéro gagnant, poussait un grand cri :

— Je l'ai ! je l'ai ! C'est moi ! c'est moi !

Et il tremblait de tous ses membres, et il roulait les yeux, et il exécutait en habile comédien qu'il était une scène complète de joie folle.

Vous jugez si l'on s'empressait autour de lui.

Et Monnier de continuer :

— J'avais rêvé, il y a deux jours, que je gagnais ! Le 12,374 ! J'en étais sûr... Je l'ai là.

Et il fouillait dans sa poche. Mais soudain un second cri :

— Ah ! mon Dieu !

Monnier se palpait des pieds à la tête, se démenait, se retournait, se baissait sans proférer d'autre parole que :

— Ah ! mon Dieu ! ah ! mon Dieu !

Tout le monde était haletant.

— Je l'avais là... tout à l'heure...

Et il se baissait de nouveau, tout le monde en

·faisait autant, cherchant à retrouver le malheureux billet.

— Je l'avais là, répétait Monnier, là! Il faut
donc qu'on me l'ait volé !

Et il commençait à regarder d'un air de défiance autour de lui. Chacun se reculait d'un pas
et toisait son voisin avec inquiétude.

— Je vais aller faire ma déclaration chez le
commissaire.

Sur quoi Monnier sortait escorté par cinq cents
personnes, montait dans un fiacre et disparais-
sait, laissant les groupes plongés dans une agitation qui se prolongeait jusqu'au soir.

Il y a des spécialités de langage véritablement
bien étonnantes.

Un de nos amis, qui a eu la douleur de perdre
sa mère, se rend chez le marbrier pour régler
les détails du monument qu'il va faire élever à
sa mémoire.

15.

L'honorable commerçant entame la conversation par ces mots :

— Monsieur veut-il un tombeau *habillé?*...

Les piédestaux sont à la mode.

Une souscription a été ouverte en l'honneur de Béranger ; une autre en l'honneur d'Armand Carrel ; enfin on a parlé d'élever un monument à Préault.

Messieurs les sculpteurs, à l'œuvre ! On vous taille de la besogne, et cette besogne-là est si facile, s'il faut en croire Préault.

N'est-ce pas de lui, cette boutade charmante ?

Un bourgeois le questionnait avec une curiosité insupportable sur tous les détails de son art.

Préault se dérobait, le bourgeois insistait.

A la fin, l'artiste impatienté :

— Mon Dieu, monsieur, c'est bien simple. Pour faire une statue, vous prenez un morceau de marbre, et vous ôtez tout ce qu'il y a de trop.

Passe Mme X..., dont les cinquante-huit hivers vont se maquillant de plus en plus. Elle en est arrivée à des empâtements féroces. C'est à croire qu'elle fait sa figure avec le couteau à palette.

— Regardez donc, dit une voix.

— Étonnante !

— Comment, à son âge, peut-elle encore se donner tant de peine inutile ?

— Au contraire, la peinture affectionne les soleils couchants.

Un humoriste a dit :

— Les femmes laides sont sûres de durer plus longtemps que les autres. Le temps ne se donne pas la peine d'attaquer celles à qui il n'a rien à prendre.

Entendu à la cour d'assises :

On juge une cause célèbre : assassinat retentissant. Une belle curieuse à grands falbalas arrive, alors que l'audience est depuis longtemps
commencée. Elle cherche partout à se caser; impossible, et elle va battre en retraite quand un
monsieur se lève avec un empressement souriant :

— Madame, veuillez, je vous en supplie,
prendre ma place.

— Mais, monsieur...

— Je vous en supplie.

— Je ne saurais vous priver...

— Oh! moi, il faudra toujours bien qu'on me
place quelque part... je suis le fils de la victime !

Je suivais la rue de Rivoli. Une petite men-
diante m'accoste, tenant en main quelques brins
de violette fanés et séparés par petits paquets
contenant bien chacun trois brins.

— Monsieur, s'il vous plaît... Monsieur, ache-
tez-moi-z'en un.

Je lui tends deux sous en prenant machinalement un des petits paquets.

Mais elle, s'élançant à ma poursuite :

— Monsieur! monsieur! maman a dit que
quand on emportait le bouquet c'était trois sous.

Quelle charmante scène de comédie que l'anecdote suivante !

Berlioz est candidat à l'Académie; un de ses
amis, M. Alexandre, le facteur d'orgues, le soutient chaudement.

On veut conquérir la voix d'Adolphe Adam ;
conquête malaisée, car les deux artistes semblent
placés aux antipodes de la musique.

M. Alexandre commence par sermonner Berlioz, qui ne voulait faire aucune démarche.

— Voyons, voyons, réconciliez-vous avec
Adam; que diable! c'est un musicien; vous ne
pouvez nier cela?...

— Aussi je ne le nie point, dit Berlioz; mais
pourquoi Adam, qui est un grand musicien, s'obs-

tine-t-il à *s'encanailler* dans le genre de l'opéra-
comique? S'il voulait, parbleu! il ferait de la
musique comme j'en fais!

Fort de ce premier acquiescement, M. Alexandre
va trouver Adam.

— Mon cher ami, vous donnerez votre voix à
Berlioz, n'est-ce pas? Vous avez beau ne pas
vous entendre avec lui, vous ne reconnaissez
pas moins en lui un musicien...

— Un grand musicien, certes, répond Adam
en rajustant ses lunettes sur son nez, un très
grand, très grand... Seulement, il fait de la musique ennuyeuse; s'il voulait, il en ferait d'autre...
il en ferait tout aussi bien que moi...

Ah! oui, cette scène-là aurait un fier succès au
théâtre!

C'était un homme d'esprit que Lefranc, qui
fut un des collaborateurs de Labiche; son petit
œil clignotant, sa bouche pincée, faisaient de
l'ironie perpétuelle.

Fort sceptique, passablement dégoûté des

hommes et des choses, il avait la boutade dure, mais fine.

C'est à lui qu'on doit cette définition de l'Académie :

— Quarante appelés et peu de lus.

Il n'en fallait pas davantage au siècle dernier pour être célèbre. Lefranc n'aura jamais été que connu.

J'ai assisté à la scène suivante, à la gare Montparnasse :

Un train était en partance.

Comme toujours, selon l'usage en notre pays de France, qui passe cependant pour le plus sociable de l'Europe, c'était à qui chercherait un compartiment solitaire.

Une dame, qui avait parcouru toute la ligne des wagons, s'arrête près d'une portière devant laquelle elle n'avait aperçu personne.

Elle ouvre.

Un monsieur se penche.

— Pardon, madame, ne montez pas, je fume.

— Pardon, monsieur, ne fumez pas, je monte.

Le monsieur n'a pas été à la réplique. Il y avait de quoi en effet le démonter un peu.

On causait d'âge devant Augier.

Et l'on avait entrepris un panégyrique des cheveux blancs.

— En somme, disait le panégyriste, chaque période de la vie a ses bons côtés. Quand on a dépassé la soixantaine, le respect de tous commence à vous entourer, alors même que vous ne le mériteriez pas; c'est à qui vous comblera de prévenances et d'égards; à vous les meilleures places et les morceaux de choix; si vous parlez, on vous écoute avec recueillement, alors même que vous débitez des radotages. Bref, du matin au soir, vous dégustez des privilèges spécialement attachés à votre état civil. C'est charmant.

Augier écoutait sans mot dire.

— N'est-ce pas, monsieur Augier, que j'ai raison?

— Peut-être... Seulement il y a un inconvénient à tout cela, et un très grave.

— Lequel?

— C'est que la vieillesse n'a qu'un temps.

Il y a des originaux partout.

Dernièrement, un congrès anti-phylloxérique
se tenait dans une ville d'un de nos départements
viticoles.

Plusieurs orateurs avaient parlé déjà.

Un monsieur demande la parole à son tour.

— Vous avez trouvé un moyen de détruire le
phylloxera?

— Non..., je ne viens pas le combattre... je
viens le réhabiliter!

Clément Laurier était, lui aussi, un homme de
beaucoup d'esprit.

Un jour, chez Millaud, le fondateur du *Petit
Journal*, un reporter arrive et raconte que je ne

sais plus quel banquier vient, après banqueroute frauduleuse, de se sauver en Belgique, accompagné d'une fille de théâtre.

Et Laurier d'ajouter flegmatiquement en guise de commentaire:

— C'est ainsi qu'aujourd'hui on file aux pieds d'Omphale.

Ne le nommons pas.

Le vénérable X..., membre d'une de nos assemblées délibérantes, va, pendant la dernière session, trouver son médecin.

— Docteur, je ne suis pas bien. Je crains de tomber malade.

— Vraiment !

— Non... j'ai quelque chose d'anormal.

— L'estomac est...

— Pas l'estomac... L'appétit est bon.

— Le cœur ?

— Pas plus.

— Mais alors...

— Docteur, je ne sais pas ce que j'ai, mais.

ce n'est pas naturel... Je ne dors plus de la séance !

Scène de tribunal.

Le président procède à l'interrogatoire du prévenu.

Il s'agit de savoir si l'on est en présence d'un récidiviste dangereux.

L'accusation dit oui.

L'accusé dit non et cherche à se retrancher derrière un état civil postiche.

Le président insiste :

— Vous avez tort de dissimuler la vérité.

Silence.

— Voyons, avouez... Le tribunal vous tiendra compte de cet aveu.

L'accusé, emporté par la conviction :

— Oui, merci... on m'avait déjà dit ça les autres fois...

Le jeu des combles est toujours en vogue.

Une de ses dernières fantaisies.

On demandait :

— Quel est le comble de l'insouciance?

— C'est, répondit notre confrère X..., pour un pigeon de s'endormir dans un champ de petits pois.

Mᵉ D..., un de nos plus spirituels avocats, causait.

On lui parlait d'un procureur de la République récemment promu.

— Oh! je le connais beaucoup... Nous avons plaidé plus de cinquante affaires l'un contre l'autre... C'est même comme cela que nous nous sommes liés.

Tout ce qu'il y a de plus authentique.

Un bon villageois se présente chez le pharmacien d'une petite ville des environs de Paris.

Il tient à la main un papier.

— Serviteur, monsieur... Voilà une ordonnance que le médecin vient de faire pour ma pauvre femme; mais, comme les affaires ne vont pas pour le moment, ne me mettez que la moitié de tout ce qu'il y a là-dessus...

Z..., un poète, et un vrai, a épousé une femme d'une vulgarité désespérante.

On causait de ce couple si peu assorti.

— Quand je les rencontre, dit Dumas, il me semble voir un cheval de course attelé à une charrette.

Connaissez-vous B... le bohème ?

Un des derniers représentants de l'école du débraillé.

Le pauvre garçon est tombé malade.

Si sérieusement malade que, ma foi, on s'est décidé à aller quérir un médecin du voisinage.

L'Esculape du quartier arrive, palpe, examine.

— C'est de l'inflammation.

— Ah !

— Ce ne sera rien. Mais il faut que vous preniez un bain.

— Pardon... vous savez, docteur .. je n'aime pas à me droguer.

Les annonces ne trouvent jamais leurs colonnes d'Hercule en matière d'insanité.

Mais je ne crois pas qu'on ait encore dépassé, comme fantaisie drôlatique, celle que nous nous sommes empressé de transcrire à l'intention de nos lecteurs..

Je la prends telle quelle.

Elle émane d'un oculiste-opticien, dont elle vante ainsi la spécialité :

Le seul œil artificiel

ADOPTÉ PAR LES GENS DU MONDE

EST L'ŒIL***

A EXPRESSIONS VARIÉES

Tout en est beau !

Tout !

Depuis le « adopté par les gens du monde »,
jusqu'aux « expressions variées », modulant du
grave au doux, du méditatif au langoureux.

Admirons.

Calino se trouvait à dîner avec un de nos pia-
nistes les plus célèbres.

Celui-ci, dans la conversation, constate qu'il
est gaucher.

— Même pour jouer du piano? intervient Calino
curieusement.

L'incorrigible !...

Un mot bien nature.

Tellement nature qu'il est absolument authentique.

Un de nos plus célèbres auteurs dramatiques
(ne le nommons pas, de peur d'humilier le professeur de calligraphie qu'il doit avoir eu) est
affligé d'une écriture délicieusement illisible.

On dirait qu'une patte de chat, trempée dans l'encre, s'est promenée sur le papier.

Notre auteur, quand il lui arrive de voyager, écrit chaque jour à sa femme. Et ses lettres font le désespoir du facteur.

L'autre matin, ce fonctionnaire public en apporte une dont il n'avait pu déchiffrer complètement la suscription.

Et ce dialogue s'engage entre le concierge et lui :

— En voilà un qui en fait du gribouillage, dit le facteur. Qui est-ce qui peut barbouiller ainsi ?

— Mais c'est de M. X... (Ici, le nom célèbre.)

— Par exemple !... Un homme que je croyais si instruit !

Je feuilletais un album bien curieux et que sa propriétaire, la veuve d'un de nos hommes politiques les plus marquants, ne laisse que rarement explorer par les regards indiscrets d'un journaliste.

J'ai abusé de cette confiance pour commettre deux larcins.

D'abord cette formule :

« L'anecdote est le copeau de l'histoire. »

Signé : MICHELET.

Puis ce quatrain, signé : LAMARTINE.

— Pourquoi, demandez-vous, nous peint-on la Justice
Trainant un pied boiteux qui ne sait se presser ?
— C'est (ainsi le voulut un Dieu bon, même au vice)
Pour que le repentir la puisse devancer.

Enfin cette réflexion :

« Il est rare que, le lendemain du jour où elle a donné à quelqu'un la clé de son cœur, une femme ne fasse pas changer les gardes de la serrure. »

Signé : SAINTE-BEUVE.

Notre pauvre confrère Z... est la proie de

l'absinthe. Esprit, talent, volonté, tout s'en va peu à peu.

Des amis dévoués font de louables efforts pour l'arracher à cette funeste passion qui menace de le tuer, comme elle a tué Musset et tant d'autres.

— J'espère, disait un de ses amis, que nous parviendrons à le sauver.

— Hélas! intervint l'auteur de l'*Age ingrat* en hochant tristement la tête... une bouteille est la seule prison d'où l'on ne s'évade jamais!...

Où l'euphémisme va-t-il se nicher !

Je passais dans le quartier Malesherbes.

Un écriteau attire mon regard.

Ledit écriteau se balançait mollement au-dessus d'une porte cochère.

Et on y lisait cette étonnante mention :

A LOUER

GRAND APPARTEMENT

AU PETIT PREMIER

Présentement s'adresser.

Au petit premier !... Sur le coup je restai ahuri, et me creusai la cervelle.

Qu'était-ce que ce petit... ? Enfin j'ai trouvé.

C'est une façon nouvelle de donner de la solennité à l'entresol.

Admirable !...

Il cheminait en vacillant légèrement.

Une bonne figure d'ivrogne gai, par ma foi !

Il avait sa pointe, sans aller jusqu'à la divagation complète.

De temps en temps il se parlait à lui-même. Était-ce pour s'adresser des remontrances ?

Je ne crois pas.

Mais, sur sa route, voici que se présente une fontaine Wallace.

Mon ivrogne s'arrête d'abord, la regarde en suivant de l'œil le filet d'eau bruissant.

Puis s'inclinant avec un salut profond :

— Belle inconnue !...

Et il passe.

Cette petite comédie de plein vent m'a paru valoir un procès-verbal.

Cynique, le drôle qui comparaissait en police correctionnelle, sous prévention de mendicité.

— Accusé, lui dit le président, reconnaissez-vous avoir...

— Certainement que je reconnais ! Où est le mal ? J'ai toujours entendu dire que le premier devoir en ce monde est de tendre la main à son prochain. J'ai tendu.

X... est sur les limites de l'âge critique.

Sa coquetterie ne peut se décider pourtant à renoncer. Ce qui le désole particulièrement, c'est de voir la calvitie avancer, de plus en plus menaçante.

Aussi, à chaque instant, il interroge son crâne en le palpant pour constater les progrès du fléau.

— Pauvre X...! disait quelqu'un en le regardant. Avoir tant aimé à se passer la main dans les cheveux, et en être réduit à se passer les cheveux dans la main !

Un de nos amis, qui revient de Monaco, nous en rapporte une bien amusante histoire.

C'était à la table de la roulette.

Chaque matin, depuis près d'un mois, arrivait dès l'ouverture un vieux monsieur qui s'asseyait à la droite du croupier, tirait un calepin de sa poche et se mettait à inscrire consciencieusement tous les numéros sortants.

Ajoutons que le vieux monsieur était affligé d'une surdité qui l'empêchait d'entendre la proclamation de ces numéros, et que c'est pour ce motif qu'il se plaçait comme nous l'avons dit, afin de faire les constatations par ses propres yeux.

Or, un jour, il advint qu'au moment où le vieux monsieur se présenta, après un léger retard, sa place était déjà prise par un premier occupant.

Le vieux monsieur s'asseoit, non sans dissimu-

16.

ler son dépit, tire le fameux carnet, commence à écrire.

Mais, pour cela, il faut qu'à chaque coup il se penche vers le voisin qui avait pris sa place, en lui demandant :

— Quel est le numéro qui vient de sortir ?

L'autre, pendant quelque temps, s'exécute de bonne grâce, la veine lui souriant.

Mais voilà que la chance tourne et que la mauvaise humeur vient.

Le vieux monsieur poursuivait toujours le cours de ses interrogations.

— Quel numéro ?

— Le quatre.

La boule tourne de nouveau.

— Quel numéro ?

— Le quatre, répète le voisin impatienté, sans y prendre garde.

Un troisième coup se joue, puis un quatrième, puis un cinquième.

— Quel numéro ?

— Le quatre ! le quatre ! le quatre ! fait toujours machinalement le voisin, de plus en plus agacé.

Mais soudain le vieux monsieur a bondi, et, interpellant la galerie à haute voix :

— Messieurs, voilà vingt ans que je joue à la roulette, je n'avais jamais vu un numéro sortir cinq fois de suite !

Je vous laisse à penser quelle explosion de rire salua ce cri du cœur.

Lu dans un journal que le père de l'empereur d'Autriche avait une brochette de cent onze croix différentes.

Cela m'a fait penser à un joli mot du feu roi Louis-Philippe.

Le comte de Paris venait de naître. Et de toutes les chancelleries on avait déjà envoyé des ordres variés à l'enfant.

Survient un ambassadeur de je ne sais quelle principauté microscopique qui expédiait, elle aussi, un grand cordon.

Louis-Philippe s'incline en souriant, et montrant le nouveau-né :

— Monsieur l'ambassadeur, je remercie sincèrement le prince de... Mais, voyez vous-même, il n'y a plus de place... Le comte est trop petit !

Sur l'album de la femme d'un de nos politiciens, j'ai copié ceci :

« La popularité traite un homme comme un tapis. Elle le choisit d'abord — souvent plus brillant que solide. Elle le pose. Elle l'use. Elle le dépose. Et trop souvent elle finit par le battre !... »

Augier, dans les *Fourchambault,* a mis ce mot charmant :

— Il faut être pauvre pour être si généreux.

Le pendant :

On parlait de l'insouciance que trop souvent les puissants montrent à l'endroit du bien qu'ils pourraient faire et ne font pas.

—Que voulez-vous! observa une voix,... quand on a le bras long, le cœur est plus loin de la main.

Dialogue boulevardier:

Deux amis se rencontrent sur le bitume.

— C'est toi?

— Mais oui,

— Par quel hasard?

— Je n'en sais rien moi-même.

— On ne te voit plus.

— Que veux-tu!... Le mariage...

— Bah! Tu t'es marié sans en rien dire?

— Pas encore... Mais les parents de ma future ne veulent pas que je la quitte une minute.

— Pauvre ami! Comment!... Tu fais de la prévention!

Tout a été dit sur Mme Rossini.

Cependant voici un souvenir où le maître lui-même entre en scène et qui me paraît à noter.

Chacun sait que la compagne du maëstro était célèbre pour son... économie, poussée jusqu'aux plus invraisemblables limites.

Rossini, tout en feignant parfois de reprocher à sa femme son accès d'ordre, l'encourageait au contraire à persévérer dans ses principes d'avarice.

Un jour, Panseron, qui était un familier de la maison, arrive sans être attendu et sans se faire annoncer. Il entre dans le salon, dont la porte était entrebâillée, et de la pièce voisine un bruit de voix parvient jusqu'à lui.

C'étaient M. et Mme Rossini qui revisaient de concert le menu d'un dîner qu'ils devaient donner le lendemain. Chaque article était commenté et rogné.

— Est-ce qu'il faudra mettre des truffes avec le filet ? demandait-elle.

— A quoi bon ? la saison est passée, disait-il. Trop tard.

— Et des asperges ?

— Trop tôt.

— Si l'on ne donnait qu'une entrée ?

— Certainement.

Et le dialogue continuait sur ce ton.

Panseron, après avoir écouté quelque temps, se décide à intervenir, dans l'intérêt des futurs convives, à qui l'on aurait fini par ne laisser que le potage et les hors-d'œuvre.

Toussant donc légèrement pour annoncer sa présence, il ouvre la porte entrebâillée.

— C'est moi.

Cri de surprise et d'effroi.

— Comment ! tu étais là !... fait Rossini, un peu embarrassé.

— Sans doute !

— Ah !... Je... Mon... Nous nous occupions...

— De tenue des vivres en partie double.

Rossini rit... Mais le rire, cette fois, était un peu jaune.

Consultation.

Notre confrère X... conte ses maux à son docteur. Névrose, insomnies, gastralgie et toute la kyrielle de ce qui constitue la parisianite aiguë.

Le docteur hoche la tête :

— Mon cher ami, les remèdes sont impuissants ici ; ne veillez pas, soyez sobre ; pas de vin de Champagne, pas d'alcools, pas de théâtre... Bref rétablissez-vous par l'hygiène.

— Oui, docteur, vous avez raison... Mais le malheur, c'est qu'où il y a de l'hygiène, il n'y a pas de plaisir.

Triomphe de l'euphémisme !

Le père d'une artiste connue exerçait (il n'y a pas de mal à cela, très certainement) la modeste profession de balayeur, à Paris.

Mais, dernièrement, paraissait une biographie de ladite artiste.

Et on y lisait à la première page :

« Son père, qui était agent voyer... »

A propos du phonographe, une définition pittoresque.

Quelqu'un a dit :

— On avait l'orgue de barbarie, c'est l'orgue de civilisation.

Chez un entrepreneur de mariages :

Un client, qui est en pourparlers, demande à voir la fiancée qu'on lui propose.

— Mettez-vous là, lui dit l'entrepreneur, et regardez par la fente de cette porte : je vais la faire passer dans le salon voisin.

Et, appelant un de ses employés, il lui donne, à voix basse, ses instructions. Le client regarde toujours. Soudain il pousse un cri horrible :

— Mais c'est un monstre !

Et en effet, la personne qu'il aperçoit est une pauvre créature aux yeux bordés de rouge, aux traits répugnants, un monstre, comme il le répète.

L'entrepreneur de mariages s'est élancé. Il regarde à son tour, et se retournant :

— Ah ! mille pardons, monsieur, on s'est trompé. On a amené la future d'un aveugle !...

Les cochers ne sont pas seuls à se signaler par des exigences invraisemblables.

Voici ce qui se passait, il y a peu de temps, entre un docteur connu, professeur à la Faculté, et un domestique qui se présentait pour entrer à son service.

Le docteur avait questionné le nouveau venu.

On avait passé en revue le cahier des charges du futur valet de chambre. On avait tiré au clair le chapitre du vin, de l'habillement, des gages.

Tout semblait terminé.

Quand le postulant se ravisant :

— Est-ce que monsieur ne me donnera pas le tant pour cent, les jours où nous aurons consultation ?...

Le docteur H... n'eut pas la force de répondre.

Cela se conçoit !

On parlait d'un de nos auteurs en vogue.

— C'est étonnant, disait un naïf bourgeois, j'ai rencontré dans le monde ce spirituel écrivain ; il est d'un terne dans la conversation !

— Mon cher monsieur, répondit quelqu'un, il y a des maisons discrètes qui n'aiment pas à mettre leur façade sur la rue.

Ernest Picard s'était fait une réputation d'ironie qu'il a justifiée par des centaines de mots charmants.

J'en veux citer un au hasard.

On parlait un jour devant lui d'un homme politique de nulle valeur qui, membre absolument passif d'une assemblée délibérante, était uniquement connu pour les fredaines de sa femme.

— C'est inouï ! disait quelqu'un… Comment ne revient-il pas à ses oreilles quelque écho des quolibets provoqués par la galanterie de Mme X… ?

— Que voulez-vous ! fit Picard avec bonhomie. A force d'être muet, il sera devenu sourd.

.. Et celui-ci :

C'était à une réunion d'actionnaires.

Le gérant, véreux mais influent, ayant peuplé la salle de ses compères, trouve moyen d'obtenir une approbation scandaleuse pour ses projets et ses comptes également véreux.

A l'issue de la séance, quelqu'un demandait à Picard s'il en connaissait le résultat.

— Oui, fit-il, on a voté la « prise en déconsidération ».

Les médecins sont comme les maris de Gavarni : ils font rire volontiers.

Quelques-uns avec préméditation.

De ce nombre est le docteur Z..., célèbre pour ses boutades.

Certain jour, en compagnie d'un de ses élèves, il passait, dans sa voiture, par la rue de la Roquette, se rendant à une consultation.

Une marbrière, assise devant sa porte, fabriquait des « regrets éternels ».

Et le docteur Z..., poussant le coude à son interne :

— Vous voyez, on aura beau chercher à nous dénigrer, il y a toujours des gens qui nous tressent des couronnes.

Un mot féminin d'une cruauté bien implacable.

On parlait devant Mᵐᵉ de B... d'une de ses « amies », réputée pour sa médisance.

— Il n'y a pas à dire, bavardait-on, il faut qu'elle morde tout le monde.

— Pour faire de la réclame à son râtelier, opina Mᵐᵉ de B...

Jugez un peu s'il n'avait pas été question d'une amie!

Certain directeur parisien est atteint d'une innocente, mais comique manie.

17.

A l'entendre, il vient toujours de mettre la main sur un ou une artiste extraordinaire, invraisemblable, inouï.

Il ne vous aborde qu'en disant :

— Vous savez?

— Quoi ?

— Ma découverte.

— Non.

— Je viens de trouver une merveille.

— Encore?

— Oh! cette fois, vous verrez... C'est éblouissant.

— Ah !

— Plus qu'éblouissant... Miraculeux.

— Parfait !

Et on le laisse sans le désabuser. A quoi bon?

On causait de cette étrange propension à l'enthousiasme.

— Ce pauvre X..., dit quelqu'un, c'est un homme qui passe sa vie à prendre les vessies pour des étoiles.

Souvent dans ces longs jours de pluie
Où le ciel est couleur de suie,
Où la pauvre terre s'ennuie
Et pleure son soleil qu'elle ne peut plus voir...

Nous sommes dans ces jours décrits par le poète. On vit à tâtons.

Des journées mornes, ouatées de brouillard, qui finissent sans avoir commencé. Tel est le menu météorologique du moment.

On gémissait devant Labiche de cet embrumement sinistre.

— Que voulez-vous ! fit-il... Il faut en prendre son parti. Le mois de novembre, c'est le tunnel de l'année.

La parole est à Victor Hugo en personne.

La conversation à table, chez le maître, était tombée sur un homme d'État doué d'une réelle éloquence, mais qui n'emploie cette éloquencelà qu'à échafauder des sophismes. Quand on l'écoute, il parle si bien, que toutes les arguties paraissent irréfutables.

— En effet, dit Hugo... Je n'ai jamais vu personne faire preuve d'une si grande clarté pour obscurcir une question...

Mme X... a récemment perdu son mari.

Elle pose pour la veuve inconsolable.

Ce qui ne l'empêche pas de mettre en œuvre tous les artifices de la cosmétique pour donner à ses quarante ans les apparences de la juvénilité. Tout à fait curieux, le contraste de ce visage au pastel avec les longs vêtements de deuil.

On en médisait et l'on s'étonnait de ce redoublement de coquetterie fardée.

— Au contraire, observa Gondinet, ceci est d'accord avec cela.

— Par exemple !

— Dame, je ne crois pas qu'on puisse mieux peindre sa douleur.

Que de héros inconnus dans le monde obscur des travailleurs !

Un de nos amis se trouvait dans un train qui, malgré les signaux, vint en tamponner un autre mais le plus doucement du monde, grâce aux efforts du mécanicien.

Et chacun de s'empresser pour féliciter le brave homme, resté intrépidement à son poste.

Lui de répondre le plus tranquillement du monde :

— C'te bêtise !... Avec la vapeur, est-ce qu'on a le temps d'être lâche !

Théophile Gautier (chacun sait ça) détestait la musique.

Un soir, dans un salon, il causait assez bruyamment, tandis qu'un virtuose s'évertuait sur un piano martyrisé. Le maître de la maison

crut devoir intervenir en adressant à Théophile
Gautier un *chut !* amical.

Mais lui, avec son sourire placidement iro-
nique :

— Je ne supprime pas le piano, je ne fais que
l'atténuer.

FIN

TABLE DES MATIÈRES

Paris. — Soc. d'imp. PAUL DUPONT (Cl.) 97. 10.84.